读客

读客三个圈经典文库

经典就读三个圈　导读解读样样全

U0845628

弗兰肯斯坦

[英]玛丽·雪莱 著
周沛郁 译

读客三个圈经典文库
经典就读三个圈　导读解读样样全

上海文艺出版社

FRANKENSTEIN

Mary Shelley

《芬登为拜伦勋爵生平与作品所绘的插图》，现存于大英图书馆。爱德华·芬登于1833年描绘的日内瓦迪欧达蒂别墅。1816年夏天，一个潮湿、阴冷的晚上，玛丽与诗人拜伦、雪莱等在日内瓦郊外的迪欧达蒂别墅聚会，大家约定分头写一个鬼故事，看谁写的更恐怖、更吓人。最后，只有玛丽的故事成型，这就是《弗兰肯斯坦》。

FRANKENSTEIN;

OR,

THE MODERN PROMETHEUS.

IN THREE VOLUMES.

> Did I request thee, Maker, from my clay
> To mould me man? Did I solicit thee
> From darkness to promote me?——
>
> PARADISE LOST.

VOL. I.

London:

PRINTED FOR

LACKINGTON, HUGHES, HARDING, MAVOR, & JONES,
FINSBURY SQUARE.

1818.

1818年首版《弗兰肯斯坦》封面。

Chapter 7th

It was on a dreary night of November that I beheld ~~the frame on whic~~ my man compleated; ~~and~~ with an anxiety that almost amounted to agony I collected instruments of life around me ~~and endeavoured to~~ that I might infuse a spark of being into the lifeless thing that lay at my feet. It was already one in the morning, the rain pattered dismally against the window panes & my candle was nearly burnt out, when by the glimmer of the half extinguished light I saw the dull yellow eye of the creature open—It breathed hard, and a convulsive motion agitated its limbs.

~~But how~~ How can I describe my emotion at this catastrophe, or how delineate the wretch whom with such infinite pains and care I had endeavoured to form. His limbs were in proportion and I had selected his features ~~&~~ as ~~handsome handsome. Handsome~~ beautiful. Beautiful; Great God! His yellow ~~dun~~ skin scarcely covered the work of muscles and arteries beneath; his hair was of a lustrous black & flowing and his teeth of a pearly whiteness but these luxuriances only ~~formed~~ formed a more horrid contrast with his watry eyes that seemed almost of the same colour as the dun white sockets in which they were set,

玛丽·雪莱的《弗兰肯斯坦》手稿，现存于英国牛津大学博德利图书馆。

信札一

（致英格兰萨维尔夫人的第一封信）

亲爱的姐姐：

你一直认为我的探险计划不吉利，若得知这项刚展开的探险计划并未遭逢任何不幸，肯定会非常欣喜。我昨天到达此地，首要任务便是向我亲爱的姐姐报平安，并且增加你对我此行成功的信心。

此刻我已经在伦敦遥远的北方，走在圣彼得堡的街道上，一阵寒冷的北风轻抚我的脸颊，让我精神抖擞，满心喜悦。你了解这种感觉吗？这阵微风来自我将前往的地区，让我初尝天寒地冻的滋味。这阵风带来的承诺激励了我，让我的梦想变得更加炽热而鲜明。我难以相信北极是霜雪覆盖的孤寂之境；在我想象中，那里是美丽喜乐之地。玛格丽特啊，那里的太阳永远照耀，宽广的日轮沿地平线巡行，散发永恒的光华。姐姐，请让我稍加信任在我之前的探险家的说法——那里不见霜雪；而航过平静的大海时，我们可能漂到一片陆地，那里的美景和惊奇超越任何已知之地。那里的物产和景色或许前所未见，因为未知的荒野之中必有宛如仙境之地。永恒光明之境，还有什么事不可能发生？我或许会在那里发现吸引磁针的神奇力量，或许能整理出千笔天文观测资料，而我只须走这一遭就能让这些观测结果貌似反常之处从此一致。见识到人类不曾涉足的世界，将满足我强烈的好奇心，而我或许也会踏上人迹未至之地。这些可能性诱惑着我，足以克服我对所有危险、死亡的恐惧，促使我抱着雀跃的心情开始这段艰苦的旅程，而我的雀跃之情就如同孩子将和假日游伴登上小船，展开家乡河流上的探险之旅。即使这些臆测与事实不符，我也可能在北极附近发现新航道，迅速到达目前须耗费数月时程才能抵达的国家，或确认地磁的奥秘；你无法否认这将为今后的全人类带来无数的益处。唯有透过如我这般的探险计划，人类才有可能一探地磁的奥秘。

思考这些事，平息了我动笔写信时的焦躁，我感到自己的心散发着渴切的光芒，那股热忱让我飞入云端，因为唯有坚定目标——一个能让灵魂投注其智性目光的焦点——才能让心灵宁静。执行这趟探险正是我年轻时最热衷的梦想。我热切读过航经极地周围海洋到达北太平洋的一些旅程始末。你应该记得我们亲爱的托马斯叔叔，他的藏书室里尽是有关历史上所有探索之旅的文献。我虽然荒废了学业，却始终热爱阅读。儿时发现父亲在临终时曾禁止叔叔让我投入航海生涯，我就一直觉得遗憾。而我日夜研读这些书卷，熟悉内容之后，遗憾更深了。

然而，我头一次细读一些诗人的作品时，对航海的憧憬褪了色，而诗中吐露的情感令我心荡神驰，灵魂得到升华。我差点当了诗人，整整一年的时间活在自己创造的天堂里，我想象自己或许也能在尊崇诗人的圣殿里和荷马与莎士比亚齐名。你很清楚后来我失败了，并且心灰意冷。然而，我正是在那时继承了堂兄的遗产，心思也终于重回先前绕开的途径。

我决定投入目前的探险计划已有六年的时间。我至今还记得献身这项伟大志业的那一刻。首先，我让自己的身体习于劳苦。我随捕鲸船航行北海数次；我自愿忍受饥渴寒冷、睡眠不足，白天我时常比一般水手更勤奋，夜里则专心研读数学、医理，以及对航海探险最有实质帮助的自然哲学。我甚至两度以二副的身份受雇于格陵兰的一艘捕鲸船，受到船员爱戴。后来我的船长认为我表现出色，请我担任船上次要的职位，真心诚意慰留我，我得承认我有些自豪。

亲爱的玛格丽特，现在我难道不配达成某种伟大的目标吗？我大可以惬意挥霍，虚度此生，但比起财富放在我眼前的诱惑，我更向往荣耀。噢，真希望听到能给我肯定响应的鼓励话语！我的勇气与决心坚毅不屈，但我的信心摇摆不定，心情时常抑郁。我即将踏上漫长艰辛的旅程，也须倾力以坚毅的心面对旅程中的一切危难——我不只需要提振其他人的士气，在他们灰心丧志时，我还得激励自己。

而目前是最适于在俄国旅行的时间。他们乘着雪橇飞跃雪上，行进畅快，而且我觉得远比英格兰的驿马车舒适。只要全身裹在毛皮里，寒意还不致无法忍受——我已经有了这样的装束，因为在甲板上走动，和动也不动坐着数小时有天壤之别，坐着不活动，便无法防止血液在血管里冻结。而我可不希望在圣彼得堡和阿尔汉格斯科之间的驿道上丢了性命。

我将在两三周之内出发前往阿尔汉格斯科。我打算在那里雇艘船，只要付保险金给船东就成了，然后再由习于捕鲸的人当中雇用足够的船员。我打算待六月再出航，而我该何时返航呢？噢，亲爱的姐姐，这个问题叫我如何回答？如果我成功了，你我将会许多许多个月，甚至数年不得见面。如果我失败，你或许很快就会见到我，或许永远无缘相见。

亲爱可敬的玛格丽特，珍重再见。愿你浸沐于上天的恩泽，也愿上天保佑，让我能一再证明我多么感谢你的爱与仁慈。

你挚爱的弟弟

罗伯特·华顿　敬上

一七××年十二月十一日

于圣彼得堡

信札二

（致英格兰萨维尔夫人的第二封信）

亲爱的姐姐：

我被霜雪包围，这里的时间过得真缓慢！然而，我正朝我的志业踏出第二步。我已经雇了艘船，正在寻找水手，目前雇用的人看来值得信赖，而且显然拥有大无畏的勇气。

但我还有一项需求迄今仍未得到满足，少了这一项，我总觉得是最大的不幸。玛格丽特，我没有朋友——当我散发着成功的热情时，不会有人分享我的喜悦；当我意志消沉时，也不会有人设法支持我。我的确应该写下我的思绪，但文字不足以完美地传达感受。我希望有个同伴和我有共鸣，双眼能回应我的目光。亲爱的姐姐，你可能觉得我太过浪漫，但我极度渴望得到朋友。我身边没有这么一个温柔而勇敢的人，既有涵养又包容，素养与我相当，能支持我的计划或提出建言。这样的一个朋友能弥补你可怜弟弟的多少缺失！我太热衷于执行计划，遇到困难却太没耐性。但我自学而成，竟是更大的不幸——我人生的前十四年都在一片公有地上过着无人管束的生活，只阅读我们托马斯叔叔的航海书籍。我在那年纪认识了我国著名的诗人，但我却要等到明白自己无力从那些诗文中攫取最重要的益处之时，才意识到有必要精通母语之外的语言。我现年二十八岁，学识却比许多十五岁的学生浅薄。我的确想得多，我的白日梦也更远大宏伟，不过按画家的说法，这些念头都不够协调，而我实在需要有个朋友，不但要够有见识，不会讥笑我太过浪漫，而且对我够热情，让我愿意努力调整想法。

好吧，这都是无意义的抱怨。我在辽阔的海洋上想必找不到朋友，甚至在阿尔汉格斯科这里的商人与水手中也找不到。但即使在这些粗俗的朋友中，也存在一些无关人类天性糟粕的特质。比方说，我的大副便拥有令人钦佩的勇气与企图心，他一心渴望荣耀，说明确一点，他其实一心渴望事业高升。他是英国人，他虽受过教育却仍对国籍与职业持有成见，但他仍拥有一些最崇高的人性禀赋。我最初在一艘捕鲸船上与他相识，我发现他在这座城里还没找到雇主，于是不费吹灰之力便请到他来协助我的志业。

而船主性情极好，在船上态度和善、惩戒温和，着实令人钦佩。再加上他以正直著称，毫无畏惧，所以我非常希望延揽到他。我虽然孤单地度过青春岁月，但在你温柔慈爱的呵护下，那段岁月却也是我最幸福的时光，而我的性格也是在那时打下了基础。也因此我一向轻视船上常见的残暴行为——我从不相信有这个必要，而我听说有海员既有仁慈的心，又得他属下敬重服从，我就觉得能雇到他真是三生有幸。

我最初是由一位夫人口中听到他的浪漫事迹，而这位夫人的幸福正是他一手促成。他的故事简单说是这样的。

几年前，他爱上一个家境小康的俄国姑娘，他存了一笔不小的奖金[1]，女孩的父亲也同意他们的婚事。婚礼前，他见了未婚妻一面。没想到她哭成泪人儿，扑到他脚旁求他饶恕她，她承认她爱的是别人，但对方很穷，她父亲绝不可能同意他们成婚。我宽大的朋友安慰了女子，得知她爱人的名字之后，立刻停止追求她。他已经用自己的钱买了座农场，原打算在农场度过余生；但他却将这一切都赠予情敌，还用剩余的奖金让他们添购牲畜，自己则请求女子的父亲同意她与她爱人的亲事。但老人家坚决反对，认为自己不该对我朋友不义，我朋友发现说不动老人家，于是离开祖国，直到听到从前的情人如愿结婚才回去。你想必会惊叹："真是高尚的情操！"他的确如此；话说回来，他却从未受过教育。他就像土耳其人一样沉默寡言，并且散发着一种无知无忧的气质，如此虽然让他的作为更令人惊叹，却有损他本该得到的关注与同情。

别因为我稍有怨言，或从原本无从体验的艰辛工作

1 海军军官作战俘虏敌船，依位阶行赏得到的奖金。——译注（如无特别说明，本书中注释均为译注。）

得到慰藉，就觉得我动摇了决心。我的决心如命运一般坚定不移，而我的旅程只是延迟，直到天气允许登船就将展开。这个冬天异常严酷，但春天前景可期，而且今年应该来得特别早，因此或许能提早出航。我不会有任何轻率之举；你很了解我，应该知道别人的安危掌握在我手中，我会格外谨慎细心。

我难以用笔墨形容我对即将到来的探险旅程有什么感受。我无法告诉你，我准备出发时怀抱着既喜悦又恐惧的战栗是什么感觉。我将前往人类不曾探索的地区，去“雾与雪之地”，但我不会杀死信天翁，因此毋须担心我的安危，也毋须担心我回到你们身边时，像“古水手”[1]一样悲惨憔悴。这么说或许会让你莞尔，但容我透露一个秘密。我常认为自己对于大海危险奥秘的迷恋和激昂的热情，起于想象力丰富的现代诗人之作。我的灵魂中有某种我不了解的因子在运作。我其实勤奋度日——尽心尽力，既坚毅又辛劳——除此之外，还有对奇妙事物的爱与信念，这爱与信念和我所有的目标结合，督促我离开一般人选择的道路，甚至来到桀骜不驯的海洋与我将探索的从无人迹之境。

不过容我回到更重要的问题。我横越辽阔的大海，绕过非洲或美洲最南端的海岬回去之后，会再与你相见吧？我不敢期待如此成功，但也不敢思考相反的情况。

1 此段引用典出英国浪漫时期诗人柯勒律治（Samuel Taylor Coleridge，1772—1834）的长篇诗作《古水手之歌》（*The Rime of Ancient Mariner*）。诗中的水手杀死前来引航的信天翁，让全船受到诅咒。

现阶段请你一有机会就写信给我，如此我或许就能在最需要你只字词组的激励时收到你的信。我深爱着你。如果再也没听到我的消息，请怀着亲爱的心记得我。

罗伯特·华顿　笔
一七××年三月二十八日
于阿尔汉格斯科

信札三

（致英格兰萨维尔夫人的第三封信）

亲爱的姐姐：

我匆忙写下几行向你报平安——我的旅程进展顺利。这封信将由阿尔汉格斯科返乡的商人带回英国，他比我幸运，我恐怕多年无法再回到故土，但我很乐观。我的手下英勇胆大，显然意志坚定，即使不断有浮冰漂过，显示我们将前往的区域危险重重，他们依然不曾动摇。我们已经到达纬度很高的地方，时值盛夏，虽然不如英国温暖，但强劲的南风将我们吹向我渴望到达的岸边，同时意外吹来一丝令人振奋的暖意。

目前我们还没遇到值得在信上一提的事。老练的航海家很少记得记录一两阵狂风和漏水事件之类的事故。航程中没发生更糟的事，我应当心满意足。

再会了，亲爱的玛格丽特。请相信我为了自己，也为了你，不会鲁莽地冒险。我会头脑冷静，坚忍不拔，谨慎行事。

但我所做的努力应该能让我大获成功。我有什么理由不能成功？目前为止，我在人迹罕至的海上循安全途径前进，头上的星辰将见证我的胜利。为何不继续横越桀骜不驯却又顺从的大自然？有什么能阻止人类毅然的心和坚定的意志？

激昂的心让我忍不住想向你倾诉，但我得停笔了。愿上天保佑我亲爱的姐姐！

罗伯特·华顿　笔

一七××年七月七日

信札四

（致英格兰萨维尔夫人的第四封信）

亲爱的姐姐：

我忍不住提笔记下我们遇见的奇事，但你或许会在我们重逢之后才接到信。

上个星期一（七月三十一日）我们差点被浮冰包围，浮冰从船的四面八方迫近，让船几乎没有空间航行。处境有点危险，尤其我们还笼罩在浓雾中。我们因此停船，期待雾气和天候改善。

约摸两点时，雾气散去，我们放眼一看，发现四面八方都是广阔而不规则的冰原，看似无边无际。我有些同伴懊恼地呻吟，而我则焦虑地提高戒备，这时一个奇异的景象突然吸引了我们的注意，让我们暂时忘了担忧当时的处境。我们发现大约半英里外，有一座低矮的车厢固定在雪橇上，由狗拉着往北驶去；坐在雪橇上驾驭犬只的虽是人类的身形，但身材显然异常高大。我们以望远镜看着旅人迅速前进，直到他消失在远方高低起伏的冰原上。

这一幕令我们大惑不解。我们相信我们仍距离陆地数百英里之遥，但这幻影般的过客似乎意味着陆地其实不如我们想象般遥远。我们仔细注意他的行踪，却被冰块阻挡，无法继续追踪。

事情发生后大约两小时，我们听到巨涛的响声，入夜前冰破了，我们的船重获自由。但我们担心在黑暗中航行会撞上大量松脱漂散的大块浮冰，因此延至早上才开船。我利用这时间，休息了几个小时。

早晨天一亮，我爬上甲板，却发现所有水手都在船的一侧忙碌，显然正在和海上的人说话。原来有一架和之前那架近似的雪橇停在一大块浮冰上，在夜里漂向我们。狗群中只有一只狗幸存；不过雪橇里有个人，水手正在说服他上船。之前那个旅人貌似未知岛屿上的野蛮居民，这人却不同，是个欧洲人。我来到甲板时，船主说："这位是我们的船长，他不会任你在大海上送命。"

陌生人看到我，便以英文与我交谈，但他的英文带了点外国口音。他说："我上船之前，可以请问你们的目的地是何处吗？"

我以为他身陷险境，应该会愿意以世上最珍贵的财富换取登船的机会，你能想象我听见他这么问，有多么错愕。而我回答他，我们这趟旅程的目的是寻找北极。

听我这么说，他似乎满意了，这才答应上船。老天啊！玛格丽特，如果你看到这个明明身处险境却还讨价还价的男人，应该会无比讶异。他的四肢几乎冻僵，身体因疲惫与苦难而极为憔悴。我从没看过这么凄惨的男人。我们打算将他抬进船舱，但他一离开清新的空气就昏了过去。我们只好将他带回甲板，以白兰地揉搓他的身子，灌他喝下些许以恢复活力。他一有生命迹象，我们就用毯子裹住他，将他安顿在伙房炉子的烟囱附近。他渐次恢复，喝了一点汤，状况改善不少。

如此过了两天，他才有办法说话，我时常担心他受的折磨有损他的心智。他恢复一些之后，我将他移至我的舱房，在我职务允许的程度下尽可能照顾他。我没见过比他更为奇特之人——他的眼神时常带着混乱，甚至疯狂，但偶尔有人对他做出善意之举，或只帮了他微不足道的忙，他整个表情便愉快起来，散发一股我从未见过的善良与亲切。然而，他大多陷于忧愁沮丧的情绪，有时咬牙切齿，似乎无法承受懊恼的煎熬。

我的客人稍稍恢复以后，我疲于阻挡众人，他们有无数的问题想问他；但我可不能任他们为满足无意义的好奇心而折磨他，他的身心若要复原，显然需要彻底的休息。不过，大副有一次问起他为什么驾着这么奇怪的交通工具，在冰上跑这么远。

他瞬间露出阴郁的表情，答道："我在找逃离我的家伙。"

"你在追的人，也以同样的方式旅行吗？"

"对。"

"那我想我们应该见过他，救起你的前一天，我们看到一些狗拉着一架雪橇越过冰原，雪橇上有个男人。"

这话引起陌生人注意，他问了好几个问题，想知道他口中的那个恶魔走的路径。一会儿后，我和他独处时，他说："我显然引起你还有那些好心人的好奇，但你太体贴，没多问。"

"的确，若因为我的好奇而让你被烦扰，不但无礼而且缺乏人性。"

"但你在我身陷奇特的险境时拯救了我，你善良地救了我一命。"

没多久，他又问我是否认为破冰摧毁了另一架雪橇。我回答我不能肯定，因为破冰时将近午夜，当时那个旅人可能已到达安全的地方，但我无从判断。

从这时候起，陌生人萎靡的身躯似乎又重现生机。他一心想待在甲板上寻找曾经出现的雪橇，但我说服他待在舱房里，他太虚弱，无法承受严酷的环境。我向他保证有人替他注意，只要有任何风吹草动，会立刻通知他。

以上就是这桩奇妙的事件目前为止的情况。陌生人逐渐恢复健康，但他沉默寡言，只要我之外的人进入他的舱房，他便显得不安。但他的脾气温和，太讨人喜欢，因此水手们虽然和他的交流很有限，却都对他充满好奇。至于我，开始对他产生了兄弟之情，而他深沉不变的忧伤让我同情又怜悯。他现在凄惨落魄却仍和善而迷人，想必从前是位高尚的人物。

亲爱的玛格丽特，我在先前的信中写过，我在辽阔的海洋上想必交不到朋友，但我却遇到了一位我应该很乐意真心将他视为兄弟的人，我很庆幸能在他的意志被苦难击垮之前遇到了他。

如果旅程中再发生与陌生人有关的任何事件，我会继续记录。

一七××年八月五日

我对我的客人的好感与日俱增。他很快就让我感到由衷的敬佩和同情。我看着陷于悲惨的高贵男子，怎能不痛心？他如此温文儒雅，又如此睿智；他极有涵养，说起话虽然字字斟酌，却能滔滔不绝。

他的身体恢复不少，现在时常待在甲板上，显然在找早他一步驶过冰原的雪橇。他虽然忧虑，但并未完全沉浸于自己的悲惨中；他对其他人的工作深感兴趣。他时常和我聊起我的计划，我毫无隐瞒地告诉了他。为了确保我最后能够成功，他热切地和我讨论我所提出的一切论据，以及我为了成功所采取的措施的任何微小细节。他所展现出的同情，让我得以用内心的语言，吐露发自我灵魂炙烈的热情，并且以温暖我心的一切热情说，我乐意牺牲财富、我的生命和所有的希望，只愿达成我的志业。为了获得我所追寻的知识，为了获得并传承人类对大自然敌人的支配权，付出个人生死不过是极小的代价。我说话时，听众的脸上笼罩了阴霾。起初我发觉他企图压抑自己的情绪；他双手捂着眼，我看到泪水从他手指间汩汩流下，渐渐哑然失声；他胸口起伏，吐出一阵呻吟。我沉默了。最后他终于断断续续地说道：“忧郁的人啊！你和我一样疯狂吗？你也喝下了那些醉人的酒吗？听着，等我说出我的故事，你会赶紧拿开唇边的酒杯！”

不难想象这样的言辞让我深感好奇，而瞬间爆发的哀伤使得本就虚弱的陌生人更显疲弱，需要数小时的休息和平静的对话，才能让他恢复平静。

强烈的情绪终于平复之后，他似乎厌恶自己受情感左右；他压抑了阴郁强烈的绝望，再次让我谈起我个人的事。他问起我早年的经历。往事很快就说完，但唤醒了种种思绪，我谈起我想寻求朋友的渴望，谈起我渴望和遇见的人产生更真切的共鸣。我确信若不能享有这种恩赐，便不能自称幸福。“我赞同你说的，”陌生人答道，“我们都是不完美的生物，需要比我们更有智慧、优越而亲爱的人，而朋友正该是这样。如果少了这样的人帮我们克服弱点和不完美的天性，我们便无法完整。我曾有个朋友，堪称世上最高贵的人，因此我有立场评论这样的友谊。你拥有希望，而且前途无量，你没有理由绝望。但我——我已经失去了一切，无法从头来过。”

他说着，表情转为平静而深切的悲伤，深深触动了我。但他沉默不语，不久便返回了舱房。

他虽然忧郁丧志，却比任何人都能感受大自然之美。星空、大海，以及这美妙的地方呈现的所有景象，似乎都能提升他的灵魂。他似乎拥有双重的存在——虽然经历苦难，心灰意冷，但沉浸在自己的世界时却像天使一样，头上有圈光环，在那光环之内没有任何悲伤或愚念。

你会笑我对这位崇高的流浪者这么着迷吗？如果你看到他，就不会笑我了。书本与避世离俗的生活丰富了你的学识涵养，你对人也因而较为挑剔；但这应当只会让你更能欣赏这个不可思议的男人的非凡优点。有时我设法了解他拥有什么特质，为什么和我认识的其他人比起来更加出众。我相信那是因为他拥有某种直觉的洞察力，明快准确的判断力，能洞察事情的缘由，而且精准透彻得过人。除此之外，他善于表达，抑扬顿挫的声音就如同安抚人心的乐音。

一七××年八月十三日

昨天陌生人对我说："华顿船长，你应该不难猜到，我经历过世间罕有的重大不幸。我曾经决定那些不祥的记忆应该随我而去，但你让我改变了主意。你和我从前一样，渴望知识与智能，而我衷心希望你我际遇不同，愿望实现之后不会成为反噬你的蛇。我不知道谈起我的悲剧对你是否有帮助，但你追求和我相同的目标，面临令我沦落至此的危险，我想你或许能由我的故事中得到恰当的教训，在你的志业成功时带给你指引，失败时给你安慰。我要说的事，人们通常会感到不可思议，如果我们身处比较温和的自然环境，我或许会担心你无法置信，甚至斥为无稽之谈；如果不曾见识善变的自然力量，许多事会被当成笑谈，但在这蛮荒神秘之地，那些事会显得可信；而我深信我的故事能借其本身一连串的证据，传达故事中事件的真相。”

他愿意谈话，我受宠若惊；这应该不难想象。但我不忍让他重述悲惨的遭遇，重温悲伤。然而我迫切想听到他承诺的故事，半是好奇，半是因为我若有能力，很希望能改善他的困境。于是我做出回应，说出了内心的感觉。

“感谢你同情。”他答道，“但同情毫无意义，我的命运已近乎完结。完成最后一件事，我就能安息。”他发现我想插嘴，继续说道：“我了解你的感觉，但你错了，朋友——我可以这样称呼你吧。什么也无法改变我的命运；听完我的过去，你便能了解我的命运完全无法扭转。”

接着他便告诉我，隔天我有空时，他将开始叙述他的故事。我听了，向他表达最诚挚的谢意。我决定只要未因职务而无法分身，会每晚尽可能按他的话记下他当天的叙述。如果分身乏术，至少写下简要的笔记。这份手稿想必会给你很大的乐趣；不过我认识他，而且听他亲口说出这个故事，因此未来某日重读时，将感到何等的兴味与共鸣！现在我开始记下他的话时，他富有磁性的声音已经在我耳边响起；他望着我的明亮双眼中，怀着忧愁的亲切；我看着他瘦削的手生动地比画，内在的灵魂令他容光焕发。

他的故事想必诡谲而惨痛，就如同笼罩航路上雄伟船只并将其击沉的暴风雨般骇人——且听他道来！

一七××年八月十九日

1

我是日内瓦人，我的家族是共和国的望族。我的祖先世代为公使或行政官，家父也曾数次担任公职，赢得荣耀与美誉。他正直而且勤政不倦，认识他的人因此对他颇为敬重。他年轻时忙于政事，并因种种原因而未早婚，直到中年才娶妻生子。

家父的婚姻状况显示了他的性格，因此我得谈谈他的婚姻。他有位密友是商人，原先富裕兴旺，经历诸多不幸而家财散尽。这位先生名叫博福尔，他性情刚直自负，无法忍受在从前拥有地位与荣耀的国家中贫困潦倒。他清偿债务之后，便以最有尊严的方式和他的女儿到了卢塞恩城，默默无闻地过着清苦的日子。家父对博福尔怀抱着最诚挚的友情，见他遭遇不幸而避世隐居，深感痛心。他朋友出于自负，做出有违他们友情之举，令他悲伤莫名。父亲立刻着手寻找博福尔，希望说服博福尔借着他的信誉和协助东山再起。

不过博福尔销声匿迹得很成功，家父花了十个月，才找到他的住处。他住在罗伊斯河附近的一条陋街上。家父欣喜若狂，匆匆前去，但他进门后，迎接他的却是悲惨与绝望。原来博福尔破产后只留下一小笔钱，勉强能维持几个月的生活，他希望未来能在商海找到称手的工作。然而这段时间，他却未采取任何行动，并且因为有空沉思过去种种，而让内心的悲伤更为深沉，最后便完全沉浸于悲伤之中，三个月后便病倒在床，无力行动。

他的女儿孝顺体贴地照顾他，却绝望地发现他们所余不多的财产持续减少，没其他办法维持生计。不过凯洛琳·博福尔拥有非凡的性情，遇到逆境而能心生勇气。她找到简单的工作；她编织麦秆，以种种方式设法得到微薄的报酬。

如此过了几个月。她父亲的病情每况愈下，她花了更多的时间照顾他，能维生的工作更少了。第十个月，她父亲死在她怀里，而她沦为困苦的孤儿。最后这一击打倒了她，家父进房时，她正跪在博福尔的棺材边悲泣。他像守护天使一般来到可怜的女孩面前，而她将自己交给他照顾；埋葬朋友后，他带她来到日内瓦，托一位亲戚照顾她。两年之后，凯洛琳便成为他的妻子。

我双亲的年纪悬殊，但他们之间似乎因此产生忠诚的依恋，更加亲密。家父性格正直，讲求公义，因此更认同爱情应该炙烈。或许早先他苦于太晚才发现所爱非人，因此决心更努力尝试。他对家母的爱恋带着感激与崇拜，完全异于年龄差异造成的溺爱，因为他的爱是因崇敬她的美德而起，并渴望多少能弥补她经历的悲伤。他面对她时因而有种无法言喻的温柔，一切都可以为着她方便、顺着她的意。他仿佛园丁保护着异国奇珍一般，努力庇护她不受一点寒风，让能在她温顺善良的心中激起喜悦的事物围绕在她身旁。过去的艰辛危及了家母的健康，甚至扰乱了她先前宁静的心灵。他们婚前两年，家父逐一辞去了公职。成婚后，他们立刻前往气候宜人的意大利。环境的转换，加上游览当地各处美景所得到的乐趣，她虚弱的身子逐渐复原。

之后他们又从意大利前往德国和法国。我是他们的长子，生于那不勒斯，孩提时便随他们四处游历。头几年，我是他们唯一的孩子。他们深深依恋着彼此，但他们投注于我身上的关爱，就有如取之不竭的矿藏。我最早的记忆是家母温柔的轻抚，和家父注视我时慈爱喜悦的微笑。我让他们逗着玩，是他们的宠儿，不只如此——我还是他们的孩子，上天赐予他们这个天真无助的小东西，让他们培育为善良的人，而我未来的命运是福是祸，全系于他们手中，依赖他们如何达成他们对我的义务。他们赋予这个孩子生命，于是抱着责任心，加上两人素来性情温柔，不难想象我孩提时虽然时时刻刻接受耐心、慈悲与自制的教诲，但引导我的却像轻柔的丝线，一切似乎是一连串的喜乐。

有好长一段时间，我是他们唯一的关照对象。家母虽然很想生个女儿，但我仍是他们唯一的孩子。我约摸五岁时，他们去意大利边境外一游，在科莫湖湖畔待了一周。他们生性慈悲，时常进入穷人家的农舍探视。对家母而言，这不只是责任；她还记得她吃过的苦，以及如何被解救，因此她怀着热情与责任心，想要扮演苦难人士的守护天使。一次他们散步时，山谷里一间荒僻破屋引起他们的注意，屋外聚了一群衣不蔽体的孩子，他们显然一贫如洗。一天，家父只身前去米兰，家母由我陪同，造访这间住所。她发现一对辛勤工作的农夫农妇被粗活和忧虑压得喘不过气，正将贫乏的食物分给五个饥饿的婴孩。其中有个孩子特别吸引家母的注意，她不像那一家的孩子，其他四个黑眼睛，是强健的小调皮蛋，这个孩子则瘦弱而秀丽。她的头发是灿烂光辉的金黄，虽然衣着破烂，那头金发却让她戴上了夺目的冠冕。她的眉宇宽阔秀气，蓝眼清澈，双唇和脸的轮廓细致甜美，看着她的人很难不觉得她与众不同，她像是来自天上，容貌处处带着脱俗的风采。

农妇注意到家母惊叹喜爱的目光落在这个可爱的女孩身上，于是急着说出女孩的过去。她不是农妇的孩子，而是一名米兰贵族的女儿。她母亲是德国人，在生产时过世了。婴儿于是交由这些好心人照顾；当时他们的境遇没这么糟。他们当初结婚不久，长子刚出生。女婴的父亲从小浸淫在古意大利的荣耀中，致力为祖国争取自由[1]。最后他成为这个缺憾的牺牲者。不知他是丧了命，或是仍关在奥地利的地牢里，但他的财产充了公，孩子成为穷困的孤儿。她仍和养父母待在一起，在他们简陋的房子里绽放光华，比黑叶蔷薇之间的花园玫瑰更加耀眼。

家父由米兰回来时，发现我在我们别墅的大厅里和一个比小天使还漂亮的孩子玩耍——这孩子的面容似乎散发着光华，姿态比山上的羚羊更优雅。他很快就得知这一幕的缘由。家母征得他的同意，说服粗鄙的监护人将他们受托照顾的女孩交给她。他们很爱这个甜美的孤儿，家里有了她仿佛受了恩赐，但天主既然赐予她强而有力的保护者，让她继续待在贫困中似乎并不公平。他们向村里的教士寻求建议，最后伊丽莎白·拉凡萨成了我父母家中的成员，对我而言比妹妹更亲，是我从事种种消遣娱乐时美丽而亲爱的同伴。

大家都爱伊丽莎白。包括我在内，所有见到她的人无不对她产生热情而近乎恭敬的疼爱，而我与有荣焉。带她回我家的前一

1 意大利北端的地区和伦巴第省当时落入奥地利帝国的统治之中。米兰为伦巴第的首府，伊丽莎白的父亲即为参与反抗的米兰贵族。

晚，家母开玩笑地说：“我有个漂亮的礼物要送给我的维克托——明天他就会收到了。”隔天她带伊丽莎白来，说这是她承诺的礼物，于是我秉着孩童的认真态度，将她的话作字面解释，认为伊丽莎白属于我——该由我保护、疼爱、珍惜。对她的所有赞美，我都当作对我的恭维。我们亲昵地称彼此为表兄妹。言语或任何方式都不能具体表达她对我的意义——她不只是我的妹妹，她至死都只属于我一个人。

2

我们一同被抚养长大；我和她相差不到一岁。当然我们甚少争执不和。我们和睦相处，两人的性格虽然存在歧异和对比，却让我们更亲近。伊丽莎白比较沉静专注；不过我怀着热诚，因此更能专心致志，也更难抵抗对知识的渴望。她埋首于诗人笔下虚幻的创作，沉浸于我们瑞士家园周遭雄伟迷人的风景——巍峨的山峦，四季的流转，暴风与平静，阿尔卑斯山冬日的宁静，以及夏季的活力与热闹，这一切都令她欣喜赞叹。我的同伴严肃满足地思索事物壮丽的表象，而我则爱好研究其中的成因。对我而言，世界是我渴望解读的奥秘。好奇、认真地探究自然界隐而不显的法则，在答案显露时欣喜若狂，这些都是我记忆中最早的感受。

我和弟弟相差七岁。第二个儿子出生后，我的双亲决定回到祖国扎根，不再四处游历。我们在日内瓦有一间房子，在贝勒里夫湖东岸有栋乡间小屋，那里距离城里超过一里格[1]。我们主要待在贝勒里夫，我父母过着离群索居的日子。我天生就爱避开人

1 League，旧制长度单位，约三英里。

群，只和少数几人往来热络。我因此通常对学校同学漠不关心，但我和其中一人发展出最亲密的友谊。亨利·克莱瓦是日内瓦商人之子。他天资聪颖，极富想象力，而且喜欢冒险，不畏艰难甚至危险。他浸淫于描述骑士精神与浪漫的书籍，写下英雄的诗歌，着手写了不少迷人的侠义冒险故事。他说服我们表演戏剧，变装打扮，其中的角色涵括《罗兰之歌》中奥雷亚加的英雄，和阿瑟王的圆桌武士，以及为了从异教徒手中夺回圣墓而不惜挥洒热血的侠义之人。

没有人的童年能过得比我快乐了。我的双亲慈爱又宽容。我们不觉得他们曾专制反复地左右我们的命运，而是为我们带来诸多快乐。我和其他家庭相处时，发现自己异常幸运，而感激之情又滋长了孝心。

我有时脾气暴躁，情感激烈；但基于我性情的某种特性，这些性格未转向幼稚的目标，反而让我渴望学习，但并非不加选择地学习。我得承认，语言结构、政府规章甚至各国的政治都无法吸引我。我渴望学习的是天地的奥秘，而盘踞我心的是事物外在的特质、自然的内在精神或人类神秘的灵魂，我好奇的依然是形而上的事物，追根究底来说，那是这世界里大自然的奥秘。

克莱瓦则沉浸于事物的道德意义。他关注的主题是生命忙碌的阶段、英雄的美德和人的行为，而他期待、梦想的是自己的名字出现在故事中，是人类不畏艰难的英勇救星。

而伊丽莎白圣洁的灵魂在我们家中有如圣坛的奉献灯火。她包容我们，她的微笑、轻柔的声音、天使般的双眼甜蜜的一瞥，永远带给我们祝福与活力。她宛如爱的化身，吸引着人们，让人们软化。因为我生性热情而情绪暴躁，有时我在学习时会变得闷闷不乐，但她能平抚我的情绪，让我变得几乎和她一样温和。而克莱瓦——有什么坏事能够影响克莱瓦高尚的情操吗？然而，如果她不曾让克莱瓦看到慈悲的真正美好，让为善成为他勃勃野心的最终目标，他或许就不会如此仁慈，慷慨而体贴，渴望冒险却温柔仁厚。

我沉溺于童年回忆，满心喜悦；那时我的心灵尚未染上不幸的阴影，将不可限量的光明前景转为对自身的忧郁狭隘的省思。此外，我在描述早年生涯的同时，也述及一些事件，这些事件将不知不觉地导致之后悲惨的故事，因为我试图向自己解释之后支配我命运的那股热情从何而起，却发现那热情像山中河流一般，其实起于卑微且几乎遭遗忘的源头；但热情继续高涨，成为滚滚洪流，卷走我所有的希望与喜悦。自然哲学是支配我命运的源头，因此我渴望叙述这个故事，说出让我偏好那一门知识的实际原因。

我十三岁时，全家一同前往托农附近一座浴场度假。无情的天气将我们困在旅馆里一天，我无意间在这间房子里找到科尼里乌斯·阿格里帕[1]的一部作品。我漫不经心地翻开书页，但我读了他试图证明的理论及谈到的事实，很快就变得热衷投入。我似乎得到新的启发，于是雀跃地将我发现的事报告父亲。家父瞥了眼那本书的书名，说道："哈！科尼里乌斯·阿格里帕！亲爱的维克托，别在这上面浪费时间，这东西毫无价值。"

1 科尼里乌斯·阿格里帕（Cornelius Agrippa，1486—1535），德国神秘学家、炼金术师、医生与占星家。神秘学著作中以《神秘哲学三书》（*Three Books of Occult Philosophy*）流传最广，文艺复兴时期对仪式、魔法和宗教之间关系的探讨受到此作品的影响颇为深远。

若家父没这么说，而是解释阿格里帕的原理已经全数被推翻，而现代的科学系统远比古老的系统强大，因为从前的科学力量全属空想，现代科学则真实而实际，那么我绝对会抛开阿格里帕，更热切地投入先前的学习，以满足我热切的想象。我的思绪甚至永远不会受那股致命的冲动驱使，最终招致毁灭。但家父匆促一瞥我的书，完全无法让我相信他熟悉其中内容，于是我继续如饥似渴地阅读。回家时，我急着取得这位作者的所有著作，之后则是帕拉塞苏斯[1]和艾伯图斯·马格努斯[2]。我欣喜地研读这些作者的狂想，对我而言，他们是除了我之外罕为人知的珍宝。我已说过我总是充满强烈的渴望，想要参透自然的奥秘。现代哲学家虽然辛勤研究，也有傲人的发现，但我读来总觉得有缺憾而不满足。据说艾萨克·牛顿[3]爵士承认，他觉得自己像是在未知的真理之海旁捡拾贝壳的孩子。我接触过他在自然哲学各分支的一些后继者，他们在我年少的理解中，似乎只是追求相同目标的新手。

无知的粗人面对自己周围的自然元素，知道这些元素的实际用途，而最博学的科学家知道得也并未更加充分。学者稍稍揭开大自然的面纱，但她永恒的面容依然神秘而不可思议。学者可以解剖、分析、命名，但他对第二层、第三层的原因一无所知，更不用说最终因了。我见识过阻止人类进入自然堡垒的防御与阻

1 帕拉塞苏斯（Paracelsus，1493—1541），医生、炼金术师、植物学家、占星师与神秘学者、毒物学之父，强调炼金术的医学价值，率先将化学物质与矿物用于医疗，提出的创新见解虽然有些在后世被推翻，但挑战了当代医学与科学观念。据说曾创造贤者之石与人造人。

2 艾伯图斯·马格努斯（Albertus Magnus，约1200—1280），德国神学家、哲学家，博学多闻，著作等身。据传亦为炼金术师，曾发现贤者之石。

3 艾萨克·牛顿（Isaac Newton，1643—1727），英国物理学家、数学家、天文学家，也是自然哲学家及炼金术师。

碍，并且无知而轻率地怨叹。

但我有了书，也认识了这些探究得更深、知道更多的人。我全盘接受他们的主张，成为他们的信徒。十八世纪会发生这样的事，看似奇怪，但我在日内瓦的学校接受正规教育的同时，几乎完全自学着我最爱的学科。家父不是科学家，而我只能借着孩子的盲目和学生的求知若渴，摸索挣扎。在新导师的引导下，我开始勤勉不倦地寻找贤者之石和长生不老药；我不久就全心投入长生不老药的研究。财富是等而下之的目标，如果我能祛除人体的疾病，让人类除了意外死亡再也无所惧，那我将得到多大的荣耀！这并不是我唯一的梦想。我最爱的作者慷慨保证能召唤鬼魂或恶魔，而我热切希望达成；我的魔法总不成功，我便将失败归咎于我的经验不足和失误，而非这些导师缺乏技术或所言不真。因此我有一段时间投身于已被推翻的系统，像新手一样混淆无数矛盾的学说，在五花八门的知识泥沼中拼命挣扎，唯一的引导是狂热的想象和幼稚的推论，直到一场意外再次改变了我的思想走向。

我大约十五岁时，我们迁回贝勒里夫附近的房子，目睹了猛烈骇人的大雷雨。暴风从侏罗山脉后方而来，雷从天空四面八方劈下，震耳欲聋。暴风雨肆虐的过程中，我没躲起来，而是好奇而喜悦地看着暴风雨的发展。我站在门边，突然看到离房子约二十码外有棵美丽的老橡树喷出一道火焰。炫目的光芒消失后，橡树不见了，原处只剩一截焦枯的残干。隔天早上我们走上前，发现那棵树原来已被一击而毁。雷击没将树劈裂，而是将之完全化为薄薄的木屑。我从没见过摧毁得如此彻底的东西。

在这之前，我还算熟悉电学比较浅显的法则。当时我们有位同伴对自然哲学领域颇有研究，这场灾难令他兴奋不已，他开始解释电学和流电学[1]的理论，令我感到新奇又惊叹。他的话大大贬低了我的想象力导师科尼里乌斯・阿格里帕、艾伯图斯・马格努斯和帕拉塞苏斯。不幸的是，推翻这些人让我不愿继续我熟悉的研究。我总觉得永远无法了解任何事情，长久以来吸引我的事物突然显得可鄙。我们年少时最容易反复无常，因此我立刻抛下先前的努力，视博物学和其所有衍生学科为畸形未成熟的成果，全心厌恶永远无法踏进真正知识之门的准科学。我抱着这样的心情钻研数学和这种科学的其他分支，视之为根基稳固、值得我探讨的研究。

人类心灵的组成实在奇妙，而我们就是靠如此细微的联结来维系成功或毁灭。回首过去，总觉得这次我意向与意志的改变近乎奇迹，是我人生守护天使的紧急提示——暴风当时已经高挂星辰间，准备笼罩我，而那是守护灵最后一次设法让暴风转向。我抛弃近来令我苦恼的古老研究之后，灵魂感到静谧喜悦，也宣告了守护灵的胜利。正因此，我后来懂得了继续学习那些知识将造成不幸，抛下那些知识才能幸福。

善良的神灵虽然奋力一搏，却徒劳无功。命运太过强大，而它不变的律法已经宣告我将步入恐怖而彻底的毁灭。

1 流电学，指电流能刺激肌肉收缩的现象，由十八世纪意大利医生、物理学家兼哲学家伽凡尼发现，并以他为名。

3

我满十七岁时，我的双亲决定让我进入因格施塔特大学[1]就读。在此之前，我读的是日内瓦学校，但家父认为应该接触祖国之外的风俗民情，我的教育才算完整。因此我动身的日期定在不久之后，但在启程之日到来之前，我便遭遇了人生的第一个不幸——预示了我悲惨的未来。伊丽莎白得了猩红热，她病得很重，性命垂危。她生病期间，我们屡次劝母亲别亲自照顾她。她起先同意我们的恳求，但她一听到她最疼爱的孩子性命堪忧，就再也无法克制焦虑。她在伊丽莎白的病榻旁照料；她无微不至的照料战胜了这恶毒的疾病——伊丽莎白活了下来，但这考虑不周的做法却害了救她的人。照顾她的第三天，家母病了。她发着高烧，而且出现令人担忧的症状，照护人员脸上的神情预告了最糟的结果。即使在临死前，这位善良的妇人依然坚毅慈祥。她让我和伊丽莎白牵起手。

“我的孩子，”她说，“我对未来幸福的希望，全寄托于你

1 因格施塔特（Ingolstadt）位于德国东南的多瑙河畔。该大学建立于1472年，教授的学科涵括人文、法律、神学、科学、医学，拥有当时先进的医学院。

们的结合。现在这个期待将成为你们父亲的慰藉。亲爱的伊丽莎白，你得为我幼小的孩子担起母职。唉！真可惜我将被迫离开你们；我一直快乐幸福，真舍不得离开你们！但我不该这么想，我会尽量愉快地接受死亡，期待和你们在另一个世界相会。”

她平静地死去，遗容依然带着慈爱。无法挽回的憾事斩断了最亲密的羁绊，我用不着描述深受其苦的人心里的感觉、灵魂的空虚，以及表情中的绝望。我们一向与她朝夕相伴，她仿佛我们的一部分，我们花了很长的时间才说服自己，她永远不会回来了——那双我们挚爱的双眼中的光辉已经熄灭，熟悉而亲昵的声音沉默了，再也无缘听见。这是最初那段日子的感受。随着时间过去，明白了憾事确实发生，真正的哀痛才开始。然而，有谁的挚爱能完全逃过那双残暴的手？我何必叙述所有人都曾经历，也必将经历的悲伤？哀痛终将不再是必需的，而成为一种沉溺；嘴边萦绕的微笑虽然可能显得不敬，却不会完全消失。家母过世了，但我们还有必须完成的责任。我们必须和其他人继续我们的人生，庆幸自己没被死亡攫走。

我出发前往因格施塔特的日子原来因这些事件而延宕，这时再次确定了。家父准我休息数周。太快离开寂静而近乎死寂的哀悼之家，匆匆踏入热闹的人世，总觉得不敬。我不习惯于伤痛，但伤痛仍让我不安。我不愿离开我仅有的亲人的视线，而我特别希望心爱的伊丽莎白能得到些许慰藉。

她压抑了自己的悲伤，努力安慰所有人。她坚定地面对生命，勇敢热切地担起她生命中的责任。她尽力安慰她称为舅舅和表兄弟的人。她重拾了灿烂温暖的笑容，向我们展露微笑，此刻的她比以往更迷人。她努力让我们忘却，甚至自己也忘了悲伤。

我预定离开的日子终于到了。最后一晚，克莱瓦与我们共度。他设法说服他父亲让他陪我前往，当我的同学，但并未如愿。他父亲是眼光狭隘的商人，在他眼里儿子的抱负与志向却是游手好闲与堕落。亨利对于不被允许接受通才教育感到非常遗憾。他的话不多，但他说话时，我由他闪亮的眼睛、生气勃勃的目光，看出他压抑但坚定的决心，他绝不会被束缚于经商的可悲琐事中。

我们长伴至深夜。我们无法勉强分开，也说不出那句“珍重再见”。话既出口，我们便假借休息之名回房，两人心里都希望对方能相信那句谎言。然而，一大清早我下楼来到准备接我离开的马车处，他们却都在那里——家父再度祝福我，克莱瓦再次握握我的手，而我的伊丽莎白则是再次恳求我常常写信，最后一次向她的玩伴与朋友投注柔情。

我跃上前来接我的轻便马车，陷入愁思。我的身边向来都是友善的同伴，总是努力让彼此快乐——现在我孤单一人了。在我要去的那所大学里，我得自己交朋友，保护自己。我的人生在此之前一直与世隔绝，以家人为重心，因此忍不住厌恶新脸孔。我爱我的弟弟、伊丽莎白和克莱瓦，他们是“熟悉的老面孔”，而我觉得自己完全不适合与陌生人为伴。旅程开始时，我想的就是这些事；随着继续前进，我的心情和信心都提振了。我热切希望得到知识。在家时，我时常觉得年轻时很难蛰居在一个地方，并且渴望进入这个世界，在其他人之间找到自己的位置。我终于称心如意，如果还觉得懊悔，实在愚蠢。

前往因格施塔特的旅程漫长而累人。路途上，我有不少闲暇思考各种事。最后，那座城市高大的白色尖塔终于出现在眼前。

我心情振奋，让人领我来到我独居的公寓，惬意地度过当晚。

隔天早上，我差人送了介绍信，拜访几位首席教授。机运使然，我先去见了自然哲学教授克伦培先生；或许该说我不情愿地踏出父亲家门之后，毁灭天使的邪恶影响就以全能的力量左右了我。他虽然粗鲁，但在他这门学问的奥秘中浸淫颇深。他问了几个问题，想知道我在自然哲学相关分支学科的学习状况。我敷衍地回答，语带轻蔑地提起我那些炼金术师的名字，表示他们是我研读的主要作家。教授诧异极了，问道："你真的花时间研究那些无稽之谈吗？"

我承认了，而克伦培先生激动地继续说："你在那些书上用功全是白费工夫。你费神记忆的是已经推翻的假说和无意义的名称。老天啊！你活在那片不毛之地，都没人好心告诉你，你贪婪吸收的这些假说已经有千年的历史，老旧又过时？在这文明科学的年代，真没想到还会发现艾伯图斯·马格努斯和帕拉塞苏斯的信徒。亲爱的先生，你可得从头开始学习。"

他这么说着，走到一旁列下几本要我添购的自然哲学书籍，提起下周他打算开一门课，内容是自然哲学概论，而他的同事华德曼教授会从隔日起与他轮流讲授化学，接着他便打发我离开。

我说过，我后来一直觉得教授严词谴责的这些作者一无是处，因此我回家时并不觉得沮丧，而我依然不想重拾类似的研究。克伦培先生是个矮胖的男人，声音粗哑，其貌不扬；这位老师给我的印象让我对他的研究没什么好感。我之前描述早年我对这些作者的结论时，也许说得太哲学、太理性。小时候，现代自然哲学教授所承诺的研究结果向来不能满足我。我因为太年轻、在这类事情上缺乏指导而思想混乱，因此在求知的路上走了回头路，舍弃近年的研究发现，换来被遗忘的炼金术师之梦。何况我轻视现代自然哲学的应用。那和伟大的科学家追寻永生和力量有天壤之别，他们的概念虽然徒劳，却仍然崇高，但这会儿情势变了。探索知识者的野心似乎自我局限于消灭那些憧憬，而那却是我对科学最有兴趣之处。我被迫放弃无比宏伟的奇想，屈服于无甚价值的现实。

我住在因格施塔特的头两三天想的就是这样的事，那几天主要在熟悉我新住处的环境和主要住户。但随着下一周到来，我想起克伦培先生告诉我的课程信息。我虽然不想去听那个自大的矮家伙站在演说台上高谈阔论，却想起他提过华德曼先生；华德曼先生之前出城去了，因此我还没见过他。

我半是好奇，半是无聊，于是走进讲堂。不久后，华德曼先生也进来了。这位教授和他的同事截然不同。他外表约五十岁，容貌十分慈祥；他虽然两鬓花白，后脑勺的头发却几乎全黑。他个子虽矮，却格外挺拔。我从没听过有人的说话声比他的更悦耳。演讲开始时，他先简述了化学史以及诸位饱学之士所带来的种种进展，热切地提到最杰出的发现者之名。接着他简略地介绍科学的现况，解释了不少的基本科学词汇。做了几项初步的实验之后，他以颂扬现代化学收尾，而我永远忘不了他的话："在古代，这门科学的老师总是承诺学生会见到不可思议之事，却什么也不曾成就。现代学者则鲜少做出相同的保证，他们知道金属不可能改变，而长生不老药只是幻想。但这些双手似乎只为了在尘土中摸索而存在，以及双眼似乎只为了凝视显微镜或坩埚而存在的自然哲学家，的确曾经创造奇迹。他们洞悉自然的奥妙，揭开自然在其藏身处如何运作。他们攀入天堂；他们发现了血液如何循环，也发现我们呼吸的空气的本质。他们得到新颖而近乎无穷的力量，可以号令天界的雷电，模拟地震，甚至以无形世界的影子来模仿它。”

教授说的这番话——在我听来是命运之言——毁灭了我。他继续阐述时，我觉得自己的灵魂就好似和一个有形有体的敌人在格斗。而构成我存在机制的关键一一被触及，一根根弦不断拨响，不久，我的脑中便充斥着一个念头、一个想法、一个目的。弗兰肯斯坦的灵魂呼喊着：前人已经达成这么多的成就，而我会成就更多，远胜于此。我会踩着现有的足迹，开拓新的途径，探索未知的力量，将万物最深奥的秘密展现给世人。

那晚我迟迟无法合眼。我的内心处于骚动混乱的状态；我觉得之后将会重拾秩序，但我当时无能为力。清晨之后，我渐渐睡去。我醒来时，前一晚的念头犹如一场梦。而我脑中只剩下决心，我决意回归从前的学习，投入我认为自己有天赋的科学。那一天，我造访了华德曼先生。他私下的态度比人前更温和迷人，因为他在课堂上的风采带着某种威严，但在家中时无比的殷勤亲切则取代了这股威严。我向他提起先前学习的经过，描述的内容几乎和我对他同事说的如出一辙。他专注倾听我简叙过去的学习，听到科尼里乌斯·阿格里帕和帕拉塞苏斯的名字时莞尔一笑，但并未像克伦培先生一样带着蔑意。

他说：“现代自然哲学家的知识基础，大半都应归功于这些拥有无尽热忱的人士。他们留给我们的任务比较简单，我们只要将那些在相当程度上都是由他们所发现的真相加以命名、分门别类就好。天才的努力不论受到多少误导，几乎终究都会对人类有实质的裨益。”他话中毫无傲慢或虚伪，我听完告诉他，他的授课让我不再对现代化学家抱着偏见。我说话时字字斟酌，抱着年轻人对指导者应有的谦逊与敬意，并且努力不泄露那股让我打算重新投入过去研究的热情（我先前还曾因为缺乏人生经验而感到羞愧）。我请他列出需要采购的书籍。

华德曼先生说：“我很高兴得到一个门生；如果你的努力与能力相符，相信你必定成功。化学是自然哲学中过去进展最多，未来也最有进展可期的分支，因此我才特别投注于化学研究；然而我并未忽略科学的其他学科。如果只打算研究化学这门人类知识，只能成为差劲的化学家。如果你真的希望成为科学家，而不只是卑微的实验者，我建议你学习自然哲学所有学科的知识，包括数学。”接着他带我到他的实验室，向我解释各种器材的用途，告诉我该购置哪些物品，并保证等我在这门学问上有足够的精进，不会搅乱仪器装置，就让我使用他的仪器。他还应我的要求提供了书单，之后我便告辞离开。

难忘的一日就此结束，这一天决定了我未来的命运。

4

从这天起，以最广泛的定义而言，自然哲学，尤其是化学，几乎成了我唯一专注的学科。我热衷研读现代研究者针对这些题材写的作品，内容创新且极具差异性。我上课听讲，结识大学中的科学家，发现即使克伦培先生也有不少正确的见解和实在的知识，虽然他的相貌和举止令人不敢恭维，却无损于专业。而我从华德曼先生那儿找到了真诚的友谊，他温和的态度不曾受到教条主义污染；他指导时坦白而亲切，毫不让人觉得在卖弄学问。他以千种方式指引我踏上平顺的求学之道，即使最深奥的研究也让我觉得明了易懂。我投入的心起先摇摆而犹豫，但在继续的过程中逐渐坚定，不久就变得强烈而热切，时常在实验室待到星星消失在晨光中。

我努力钻研，因此迅速得到长足的进步。我热衷学习的情况令同学讶异，而我熟练的程度则让师长吃惊。克伦培教授露出腼腆的微笑，问起科尼里乌斯·阿格里帕最近如何，华德曼先生对我的进展则由衷欢喜。如此过了两年，其间我不曾回日内瓦，而是全心全意投入追求某些发现。只有经历过的人才能想象科学的魅力。在其他领域进行研究时，只能到达前人去过的地方，没其他知识可探究，但科学的研究永远都有甜美的果实等待发现与赞叹。中等才智的人若勤勉投入，绝对能精通钻研的项目；而我始终朝一个研究目标努力，全神贯注于其中，进展神速。两年后，我便发现了改良某些化学仪器的方法，因此在大学里得到不少荣耀与赞誉。这时我已经熟稔因格施塔特所有教授所传授的自然哲学理论与实务，待在那里已经无益于进步，因此我考虑返回家乡亲友身边。然而这时发生了一件事，延长了我留滞的时间。

人体的构造，甚至任何有生命的动物的身体结构，都是特别吸引我的事物。我时常问自己，生命运作的本质是什么？这问题很大胆，而且从未被视为奥秘，但如果我们没因为怯懦或漠不关心而不去探问，该能精通多少事物。这些情况萦绕在我脑中，于是我决心专门钻研自然哲学中与生理学有关的学科。要不是我受到几近不可思议的狂热所鼓动，我应该会感到厌烦，无法忍受投入这项研究。为了细察生命的起因，我们必须求助于死亡。我开始学习解剖学，但这还不足够；我还必须能观察人体自然衰败腐化的过程。在我受教育的过程中，家父特别谨慎，不希望我见识超自然的恐怖。我从不记得自己听着迷信的故事颤抖，或害怕看到幽灵。黑暗不会激起我的幻想，而教会墓地对我而言只是搁放无生命的躯体之处，而躯壳曾蕴含美与力量，最终却成为虫子的食粮。此时我不得不检查尸体腐烂的原因与过程，日夜待在墓室与停尸间。我关注的都是人类纤细感受最无法忍受的事物。我看到人类的美好身躯分解、腐坏；我看着有生气的红润脸颊因死亡而腐败；我看到虫子如何接收眼睛与脑子的奇观。我停下来，检查分析一切烦琐的肇因，并从由生至死、起死回生的转变中得到证实，直到这片黑暗中灵光一现——那道光无比灿烂而美妙，却又无比单纯，由此揭示的可能性无可限量，令我眩惑，而我很讶异那么多才华横溢的人投入同样的科学研究，却唯独我有缘发现如此惊人的秘密。

别忘了，我描述的并非疯癫之人的幻想。我所言真实不虚，就如太阳必然在天上照耀。或许是某种奇迹使然，但这个发现的每个阶段既清晰又可信。经过夜以继日难以想象的辛劳，我终于找出生命肇始和生命本身的起因；不对，不只如此，我自己也能让无生命的物质活过来。

这个发现最初带来的惊诧，随即被欢欣与狂喜取代。我费尽了时间与心力，终于实现我最大的愿望，这是最足以慰劳我先前辛劳的成果。但这项发现太重大、太惊人，让我忘了之前渐次进行的步骤，只看到结果。自创世以来，向来只有最博识之人得以进行这样的研究，拥有这样的愿望，如今我却唾手可得。不过这一切并不像魔法的场景般瞬间向我展现——我得到的讯息并非展现已存在的成果，而是将我的努力导向我追寻的目标。我仿佛是为死者陪葬但找到生路的阿拉伯人，只有忽明忽灭且看似无用的光芒引导。

朋友，由你眼中的热切、惊叹与期望，看得出你想知道我得知的秘密，但我不会透露；耐心地听到故事最后，就能了解我为什么有所保留。你和我当时一样热情而毫无防备，我不会将你带向毁灭与绝对的悲惨。如果不能听我的告诫，那么就从我身上汲取教训吧，至少从我的前车之鉴中学到，获得知识多么危险——有人热望变得比自己的天性允许的更为伟大，相较之下，相信自己家乡城镇就是全世界的人，要幸福多了。

当我发现我手中得到如此惊人的力量，我犹豫了许久，思考该怎么利用这个力量。我虽有赋予生命的能力，但替得到生命的对象准备拥有复杂纤维、肌肉与血管的躯壳，仍是难以想象的困难艰辛。我起先犹豫该不该创造像自己这样的生物，或是创造构造比较简单的生物；但我最初的成功大大鼓舞了我的想象力，因此我没去质疑自己是否有能力将生命赋予人类这样复杂美妙的动物。我手边能使用的材料不足以完成如此困难的工作，但我毫不怀疑我终将成功。我做好各种心理准备，工作的过程可能挫折不断，最终的成果可能不完美，但想到科学与力学日复一日的进展，我深受鼓舞，期望我目前的努力至少能成为日后成功的基础。我也因此不觉得计划的规模和复杂程度会影响可行性。我抱着这样的想法开始创造人类。制作细腻的身体部位会严重影响速度，因此我决定背弃最初的计划，做出身材高大的生物，大约八英尺高，而且各部位按比例放大。我下定决心，花了几个月的时间终于收集、备妥了材料，接着就着手进行。

没人能想象最初在成功的热望中，那些犹如飓风般驱策我前进的各种感受。我觉得生死是我应当首先破除的束缚，这样才能让迸发的光芒涌入我们黑暗的世界。新的族类将感念我创造并赋予他们生命，许多愉快美妙的人将因为我而存在。任何父亲都不可能从子女身上，得到如同他们对我的全心感激。我沿这些思绪想下去，认为如果我将生命赋予无生命的物质，未来或许能让腐朽的躯体起死回生（虽然我现在才知道这根本不可行）。

我以努力不懈的热忱进行工作时，这些念头支持了我的意志。我专心研究，脸颊苍白了，我更因足不出户而形容憔悴。有时在几乎成功之际功亏一篑，但我仍深信我的梦想在次日或下一小时就会实现。我唯一的秘诀就在于我全心投入的希望；当我不眠不休，殷切地追寻自然到其藏身处之时，月光见证了我在午夜时分的辛劳。我亵渎坟墓，或折磨着活生生的动物，让无生息的土偶得到生命。谁能想象我暗中进行这些苦事时的恐怖？现在想起当时，我的四肢颤抖，泪水盈眶，但那时有股无法抗拒、近乎疯狂的冲动促使我继续，我一切的灵魂或感知似乎完全投注于这个任务。那是一时的忘我状态，不自然的刺激停止之后，我恢复从前的习惯，立刻再度变得敏锐。我到停尸间收集骨头，以不敬的手指扰动人体躯壳的惊人秘密。房子顶楼有间独立的房间（比较接近斗室），和其他房间有走廊和楼梯相隔，而我就在那里进行不洁的创造。我因为处理工作的细部细节而眼球凸出。我从解剖室和屠宰场获取不少材料；我内心的人性让我常厌恶自己的工作，但我仍然受到愈燃愈烈的热切驱策，即将完成我的工作。

我全心全意投入一个目标的同时，夏天过去了。那年夏天格外美丽，田野从不曾如此丰收，葡萄藤不曾如此结实累累，但我却对自然的魅力视若无睹。那些感受既让我忽略周围美景，也让我忘了相隔数英里而许久未见的亲友。我知道自己音讯全无让他们不安，我仍记得家父的话："我知道你顺遂时会想念我们，我们会常听到你的消息。如果你断了联系，我恐怕会推断你也忽略了其他本分。"

因此我很明白家父有什么感觉，然而我的工作虽然令人作呕，却紧紧钳制了我的想象，让我无法思考别的事。我甚至希望抛下所有情感，直到吞噬我所有习性的伟大目标完成。

当时我觉得家父将我疏于联络归咎于我的恶习或缺陷并不公平，但我现在相信，他认为我有错其实言之有理。完美的人应当保持心灵宁静平和，永远不让热情或无常的欲望干扰内心的平静。我不认为追求知识可以自外于这个原则。如果你投入的研究削弱了你的情感，让你无法感受到任何合金都无法调配出的简单喜悦，那种研究绝对有违伦常，不适合人类的心智。如果所有人都遵守这个原则，如果谁都不让任何研究干扰家庭和乐，那么希腊人就不会受奴役，凯撒不会荼毒他的国家，而美洲会逐步被发现，墨西哥和秘鲁的帝国不至于毁灭。

我竟然在故事最有趣的部分开始说教，你的神情提醒我该继续说下去了。家父在信中没责怪我，只是注意到我的研究，特别问起我的工作。在我辛勤地工作时，冬天、春天、夏天过去了，但我太沉浸于工作，没注意花朵或开展的新叶——这些景象从前总是让我无比喜悦。我的工作即将告一段落之前，那年的叶片已经凋枯，一天天过去，我越来越明白自己有多成功。但我的焦虑却阻碍了热情，我外表看似在矿坑中做苦役或从事其他有害身心的工作的人，而不像为了钟爱的事业而忙碌的艺术家。夜复一夜，我受一种进展缓慢的热病折磨，紧绷得难受。落叶令我心惊，而我像罪犯似的避开其他人。有时我注意到自己失魂落魄的模样而心惊，只有我的目标带给我力量，支持着我——我的苦劳即将结束，而我相信活动与消遣将驱走萌芽的疾病。我向自己保证，等我的创作完成时，我将重拾活动与消遣。

5

十一月一个阴郁的晚上，我注视着我辛劳的成果。我怀着近乎痛苦的焦虑，整理好身旁能够赋予生命的器具，以便将生命的火花注入我脚边尚无生气之物。当时已经凌晨一点，雨水萧瑟地打在窗板上，蜡烛几乎烧尽。在近乎熄灭的烛光中，我瞥见那生物睁开了他浑浊的黄眼睛。他呼吸沉重，四肢抽搐。

我该如何形容我面对这突如其来的灾祸时的心情？如何描述我投注无限心血与辛劳而创造出的怪物？他四肢匀称，而我为他选了俊美的五官。俊美！天啊！他泛黄的皮肤下，肌肉与动脉依稀可见，他乌黑亮泽的头发飘垂着，他的牙齿是珍珠白；但这些美好的特征，却和他那双几乎和黄褐色眼窝同个颜色的水汪汪眼睛、干枯的面容、平直泛黑的双唇形成骇人的对比。

人生中的各种意外并不像人类的感受那么变化多端。我辛苦研究近两年的时间，一心将生命导入无生命体，牺牲了休息与健康。我对此的热切渴望远远偏离正常，如今我达成了目标，梦想却不再美丽，令人窒息的恐惧与厌恶充塞我的心头。我受不了再看着自己创造的生物，便冲出房间，在卧室里踱步良久，无法静下心睡觉。最后倦意取代了先前的烦乱，我和衣倒在床上，打算暂时忘却烦恼。然而却是徒劳，我虽然睡着了，却受到疯狂的梦境惊扰。我以为我见到健康美丽的伊丽莎白走在因格施塔特的街道上。我惊喜地拥抱她，在她唇上烙下第一个吻时，那双唇却泛着死黑；她的容貌似乎也变了，我觉得怀里抱着的是亡母的尸骸，她身上裹了一件尸衣，我看到法兰绒的皱褶中有尸虫蠕动。

我由睡梦中惊醒，我的额头冒出冷汗，牙齿打战，四肢抽搐。这时，我借着窗板透进的微弱黄色月光，看到那个可怕的生物——我所创造的不幸怪物。他掀开了床幔，脸上那双勉强可称为眼睛的东西正盯着我。他张着嘴，发出无意义的声音，脸颊漾起笑意。他或许说了话，但我没听到；他伸出一只手，似乎想留住我，但我逃开，冲下楼去。我躲到房子中庭，在那里待了整晚，心浮气躁地来回踱步，侧耳倾听，惊惧地留意一切风吹草动，担心听到的声响是警告，宣告我不幸赋予生命的凶恶尸骸朝我而来。

噢！凡人绝对无法承受那张脸所带来的恐惧，即使重获生命的木乃伊也不如那怪物骇人。大功告成之前，我曾注视着他。当时他只是面容丑陋，但那些肌肉和关节得以活动之后，却变成就连但丁也无法想象的东西。

我凄惨无比地度过那一夜。有时我的脉搏猛跳，甚至能感受到每条动脉在跳动；有时却虚弱无力，差点瘫软在地。我感到这股恐惧与失望的苦涩交杂，那些梦想是我长久以来的养分与惬意的寄托，这时却成了地狱。转变何等迅速，一切完全颠覆！

阴暗潮湿的早晨终于降临，我不曾合眼，双眼发疼，这时看到了因格施塔特教堂的白色尖塔和时钟，指针指向六点。那一夜，庭院成了我的庇护所，门房打开院子大门，我便冲向街上，快步走过街道，像是想避开那个怪物，每到转角便担心看到他的身影。暗沉阴郁的天空下起倾盆大雨，我浑身湿透，却不敢回我的公寓，一心只想加快脚步。

我继续这样走了一阵子，设法借着活动身体，减轻我心头的重担。我穿越街道，却不清楚自己身在何处、在做什么。我的心恐惧得狂跳，步伐慌乱地匆促前进，不敢左顾右看：

> 仿佛只身在无人路，
> 胆战心惊地走，
> 转头一瞥，继续前进，
> 从此不敢回头；
> 他知道有恐怖恶魔，
> 紧迫跟随在后。
> （摘自柯勒律治《古水手之歌》）

如此这样走着，最后来到驿马车和四轮马车平时停靠的一间旅馆。不知为何，我在这里停下脚步。我在原地站了片刻，双眼盯着一辆从街道另一头朝我而来的马车。马车驶近时，我发现那是一辆瑞士的驿马车。马车就在我面前停下，门开了，我看见亨利·克莱瓦，而他一发现我，便跳下车。“亲爱的弗兰肯斯坦，”他惊呼道，“真高兴见到你！我一下车，你就在这里，真是幸运！”

什么也比不上我见到克莱瓦时的欣喜之情；见到他，我想起家父、伊丽莎白和我回忆中亲爱的家园景象。我握着他的手，暂时忘却了自己的恐惧与不幸。数月来头一遭，我突然感受到平静安详的喜悦。因此我诚心诚意地欢迎我的朋友，和他一同走向我的大学。克莱瓦继续谈了一会儿我们都认识的朋友，以及他有幸获准来因格施塔特的经过。

“我想你知道，”他说，“要说服家父并非所有必要的知识都包括在会计这门高尚的学问中，实在困难。说实在，我想他直到最后都无法被我说服，因为无论我如何不屈不挠地央求他，他的回答总是和《威克菲德的牧师》[1]里荷兰教师的话如出一辙：‘我不会希腊文，一年就有一万弗罗林的收入；我不会希腊文，还是可以大吃大喝。’但他对我的疼爱终究胜过他对求学的厌恶，因此允许我踏上发现之旅，前往知识之境。”

“看到你，我满心欢喜。不过快说说家父、弟弟和伊丽莎白过得如何。”

“他们很好，非常快乐，只是鲜少听到你的消息，有点不安。我正打算代替他们责备你一番。不过，亲爱的弗兰肯斯坦啊，”他突然停下脚步，仔细端详我的脸，“我这才发现你看起来病得好重，又瘦又苍白，就好像几夜没睡了。”

“你猜得没错，其实我最近因为全心投入一项工作而缺乏休息；不过我希望，诚心希望，这些工作全都已画上句点，我也终于能够脱身。”

我浑身颤抖，我不敢思考，更不敢提及前一晚发生的事。

---

1 《威克菲德的牧师》（*The Vicar of Wakefield*）为作家奥立佛·高德史密斯（Oliver Goldsmith，1730—1774）所作之小说。诗作《废弃的农村》（*The Deserted Village*），与剧本《善性之人》（*The Good-Natur'd Man*）和《屈身求爱》（*She Stoops to Conquer*）皆其著名作品。

我快步走着，很快就到了我的学院。接着我想起留在房里的生物可能还在那里，充满生气地到处走动。我害怕看到这怪物，更怕让亨利看到他。因此我请求亨利在楼梯下稍候几分钟，便冲上楼跑向我的房间。我尚未镇定下来，手就已经伸到门锁上。我停下动作，打了一个寒战。接着我像是孩子觉得门后有鬼怪在等他们一样，猛地推开门，但什么也没出现。我提心吊胆地走进门——结果公寓内空无一人，卧室里也不见骇人访客的踪影。我几乎不敢相信我竟然如此幸运，我确信敌人确实逃走之后，就开心地拍手，跑下楼找克莱瓦。

我们上楼到我的房间，仆人立刻送来早餐，但我还无法自制。挥之不去的不只是喜悦，我感觉到我的身体因极度敏感而刺痛，脉搏狂跳。我几乎无法待着不动，我跳过椅子，又是拍手，又是大笑。克莱瓦起先以为我是因与他重逢而显得异常开心，然而当他更仔细地观察后，却发现我眼中带着他无法理解的疯狂，而我旁若无人、并非发自内心的大笑令他惊恐。

"亲爱的维克托，"他喊道，"看在老天的分儿上，究竟怎么了？别再这样笑。你病得多重啊！为什么会这样？"

"别问我，"我喊着，我以为自己看到那可怕的鬼怪溜进房间，于是伸手遮住双眼，"他会告诉你。噢，救救我！救救我！"我想象中的怪物抓住了我，我拼命挣扎，痉挛倒下。

可怜的克莱瓦！他不知作何感想，他满心期待的会面却莫名奇妙地变了调。但我未能目睹他伤心难过，因为我已晕死过去，很长、很长一段时间都未恢复知觉。

我陷入神经性热病，一连几个月无法下床。在此期间，只有亨利照顾我。事后我才知道，他想到家父年事已高，不适于长途旅行，而我的病情将使伊丽莎白心碎，为了不让他们难过，他没让他们知道我病得多重。他知道他会是我最温柔细心的看护，他也坚信我会复原，因此毫不怀疑地瞒着我家人。这是最慈悲之举，有利无弊。

但我其实病得很重，若不是我朋友持续不懈的关注，我显然无法活过来。我创造的怪物的身影一直萦绕在我眼前，而我不断吐出和怪物有关的谵语。我的话显然吓着了亨利；他起先以为那是我病中胡乱的幻想，不过我不断重复提起同样的对象，于是他觉得我的病是起自某个不寻常的可怕事件。

我的状况不时恶化，让我朋友焦急难过，但我终究以极其缓慢的速度恢复了。我还记得当我第一次愉快地看着外界事物时，我发现已见不到落叶，我窗前的树上也冒出嫩芽。当时已是美好的春天，这季节十分有助于我康复。我也感觉到心中爱与喜悦的感觉苏醒了，我的忧郁不再，不久我便像受到致命狂热侵袭前一样活泼。

“亲爱的克莱瓦，”我激动地说，“你对我真好，真体贴。你承诺自己用功向学，但整个冬天却耗在我的病房里。我该怎么报答你？很遗憾让你的期待落空，希望你见谅。”

“你别再陷入焦虑，就是最好的报答，快快好起来吧！既然你的心情这么好，我可以跟你谈件事吗？”

我打起哆嗦。谈件事！会是什么事？他暗示的是我想都不敢想的对象吗？

克莱瓦发现我神色大变，说道：“别激动。如果让你心烦，我就不提了，不过你父亲和表妹如果接到你亲笔写的信，一定会很开心。他们几乎不知道你病得多重，一直因为你毫无音信而担忧。”

“就这样吗，亲爱的亨利？你怎会觉得我的念头不会立刻飘向我所爱又值得我深爱的那些亲友？”

“朋友，如果你现在的心情是如此，那么你应该会很高兴看到一封搁了些时日的信件。我想写这封信的人是你的表妹。”

6

然后克莱瓦便将信交给我。信是出自伊丽莎白之笔。

亲爱的表哥：

你病得非常、非常重，即使好心的亨利时常来信保证，也无法让我相信你真的无碍。你不能写信——无法提笔，但亲爱的维克托，只要只言片语便能让我们放下挂虑。有好一段时间，我觉得每次邮差来访都可能会捎来你的一句话，而我劝阻了舅舅，没让他动身前往因格施塔特。我虽然让他免于经历漫长旅途的不便甚至危险，但我时常遗憾无法亲自前往！我想象在病床边照顾你的，是雇来的老护士，她永远猜不出你的心思，也无法像你可怜的表妹这样仔细地关心照顾你。但这些都过去了，克莱瓦来信说你确实开始康复了。我热切期望你很快就会亲自写信确认这个消息。

快快康复，并且返家与我们相聚。你会发现一个快乐且充满活力的家，还有深爱你的亲友。令尊身体康健，只希望看到你，只想知道你很好，那么他慈祥的面容上便不会有任何阴霾。我们的恩奈斯特长大不少，你见了一定很高兴！他十六岁了，活泼又开朗。他希望做个真正的瑞士人，去外国服役，但我们舍不得与他分离，至少要等他的哥哥回到我们身边再说。我舅舅不赞同遥远国家的军旅生涯，但恩奈斯特一向不如你用功。求学做学问在他眼中是讨厌的束缚。他经常待在户外，或去爬山，或在湖上划船。我担心如果我们不让步，允许他做想做的工作，他恐怕会变成游手好闲的人。

你离开之后，除了可爱的弟弟们长大了之外，家里没什么变化。碧蓝的湖水和白雪皑皑的山峦依旧如昔；我想我们宁静的家园和我们知足常乐的心，应该也依循着同样不变的法则。我忙着无关紧要的小事自娱，只要看到身边无忧无虑的亲切脸庞，我做的任何事都值得了。你离开之后，我们的小家庭只有一个改变。你还记得贾丝婷·莫里兹是怎么来到我们家的吗？你或许不记得了，我就简单说明一下她的过去。她母亲莫里兹太太是个寡妇，育有四名子女，贾丝婷排行第三。这个女孩最得她父亲宠爱，但她母亲因为某种奇妙的扭曲心理而无法忍受她，因此莫里兹先生过世之后，她开始刻薄地对待贾丝婷。舅母注意到这个情况，于是在贾丝婷十二岁的时候，说服她母亲让她住到我们家。和周遭伟大的君主制国家相比，我们的共和政体让人民的性情比较单纯，因此不同阶级的居民之间的区别比较小。下层阶级的人没那么贫穷，也不那么卑下，他们的行止也比较高雅而有道德感。因此日内瓦的仆人与英国、法国的仆人并不相同。我们的家庭便这样接纳了贾丝婷，让她学会承担仆役的责任，而在我们国家，身为仆人并不代表他们无知，也不会让他们失去人性的尊严。

记得吗？你以前好喜欢贾丝婷。我还记得你曾说过心情不好的时候，只要贾丝婷看你一眼，就能驱散你的忧郁，原因和阿里奥斯托歌颂美丽的安洁莉卡[1]相同——她看起来好坦率、好乐天派。舅母很疼爱她，因此让她接受了更高的教育。舅母的善心没有白费，贾丝婷也是世上最知恩图报的人儿——我不是指她曾经公开表示过什么，也没听她提过任何感激之言，但我能从她眼中看出她对她的女恩人几乎怀着仰慕之情。虽然她生性乐观，在许多方面粗枝大叶，但她非常注意舅母的一举一动。她将舅母视为最完美的模范，尽力模仿她的谈吐和举止，因此至今她仍常常让我想起舅母。

贾丝婷在舅母卧病时焦切地照顾她。但亲爱的舅母过世之后，大家都沉浸在自己的悲伤中，因此没人注意到可怜的贾丝婷。可怜的贾丝婷生了重病，还有接二连三的磨难等着她。

她的手足接连过世，她母亲因此失去身边所有孩子，只剩下遭她忽略的女儿。这位太太良心不安，她开

1 典出阿里奥斯托的史诗《疯狂奥兰多》（*Orlando Furioso*）。阿里奥斯托（Ariosto，1474—1533），意大利文艺复兴时期诗人与剧作家。《疯狂奥兰多》的背景为查理曼大帝对抗北非国王率兵入侵欧洲之时，奥兰多是查理曼著名的圣骑士，他在故事中爱上异教徒的公主安洁莉卡，抛下责任。

始觉得她最爱的孩子们之所以会丧命，是因为上天在惩罚她偏心。她是罗马天主教徒。我想，听她告解的神父应该确认了她的想法。因此你出发至因格施塔特的几个月后，贾丝婷便被悔过的母亲召回家去了。可怜的女孩！她离开我们家时哭成了泪人儿。舅母过世后，她变了很多，她之前活泼过人，悲伤让她的个性变得更柔和，带了股迷人的温柔。但住在母亲家里，无助于让她重拾欢颜。那位可悲的太太悔憾的态度摇摆不定。她有时会求贾丝婷原谅她过去的苛刻，却也经常指责她害死了她的手足。莫里兹太太总是心烦意乱，终于导致身体恶化。最初她只是变得更易怒，不过她现在已经永远安息了。她在上个冬天天气刚转冷的时候去世。贾丝婷刚回到我们身边，而我很爱她。她聪明伶俐又温柔，而且生得美丽；我说过了，她的举手投足和神态总是让我想起亲爱的舅母。

亲爱的表哥，我还要跟你说说亲爱的小威廉。真希望你能看到他；以他的年纪来说，他长得很高，有双会笑的蓝眼睛、深色睫毛和一头鬈发。他微笑的时候，健康红润的双颊上会出现两个小酒窝。他已经有一两个朋友了，不过他最爱的是一个名叫露意莎·拜仑的漂亮五岁小女孩。

说到这里，亲爱的维克托，我敢肯定你会想多听些关于日内瓦善良百姓的花边新闻。漂亮的曼斯菲尔德小姐将与一位英国青年约翰·穆尔本先生结婚，已经接受了拜访道贺。她的丑姐姐去年秋天嫁给了富有的银行家杜维亚尔先生。克莱瓦离开日内瓦之后，你最要好的同学路易·曼诺经历了一些不幸。不过他已经振作起来，据说将迎娶一位名叫塔维尼耶夫人的美丽法国女士为妻。她是寡妇，年纪要比曼诺大得多，但她很受欢迎，人见人爱。

亲爱的表哥，写写信让我的心情好多了，但行笔至此，我又开始焦虑。最亲爱的维克托，给我们写封信吧——即使只有只言片语，对我们来说就已经是难得的恩典。我们万般感谢亨利的仁慈、关爱以及多次来信，我们由衷感激。再会了！我的表哥。多保重。还有，我恳求你，给我们写封信吧！

伊丽莎白·拉凡萨

一七××年三月十八日于日内瓦

我读完信，喊道："我最亲爱的伊丽莎白啊！我会马上提笔写信，不再让他们担忧。"我写了信，耗费不少精神；不过我开始恢复了，状况持续改善。过了十四天，我终于能离开房间。

我恢复后的要务之一，就是将克莱瓦引荐给大学里的几位教授，过程苦不堪言，对我仍未愈合的心灵创伤十分不利。自从不祥的那一夜，也就是我结束辛劳，开启不幸的那一夜起，我就连听到自然哲学这个词，也感到万分厌恶。当我觉得自己几乎完全康复时，我一看到化学仪器就又出现痛苦的紧张症状。亨利发现这情形，于是收走我的器材，不让我看见。他察觉我很讨厌先前做实验的房间，因此也帮我搬了家。但我拜访教授时，却让克莱瓦的这些用心都功亏一篑。华德曼先生善良热心地称赞我在科学上的惊人进展，我听了万分难受。他很快发觉我不喜欢这个话题，但他猜不到真正的原因，认为是我谦虚，于是改变了话题，不再谈我的进展，却提起科学本身，显然试图鼓励我。我又能如何？他好意鼓舞，却让我深受折磨。他犹如在我面前一一细心摆出会将我折磨至死的刑具。他的话令我惶恐不安，但我不敢表现出心里的痛苦。克莱瓦的双眼和心思都很敏锐，总是很快察觉别人的感受。他借口一无所知，推辞了这个话题，于是我们谈话的主题转为比较一般的内容。我打心里感谢我的朋友，但并未开口言谢。我看得出他很惊讶，但他从未要我说出秘密。我虽然对他无比敬爱，却永远无法说服自己向他透露萦绕在我脑海的那个事件。我担心向别人述说细节，只会让那段记忆更难磨灭。

克伦培先生就没那么配合了。我当时敏感得无药可救，因此他直接而强烈的称颂，比华德曼先生温和的赞许更令我痛苦。

“该死的家伙！”他喊道，“唉，克莱瓦先生，我保证他比谁都优秀。呵，尽管瞪大眼睛吧，我说的可是真话。这年轻人几年前还把科尼里乌斯·阿格里帕当福音书一样深信不疑，现在却成为大学中的佼佼者。要不是他那么快就病倒，我们都要无地自容啦。哎呀，哎呀。”他看到我一脸难受，继续说：“弗兰肯斯坦先生太谦虚了，谦虚是年轻人最杰出的品格。克莱瓦先生，年轻人对自己就是不该那么有信心。你知道吗？我年轻时也一样，不过那种态度一下就消失了。”

克伦培先生开始自吹自擂，我很庆幸终于不再是太过令我困扰的话题。

我爱好自然哲学，克莱瓦却对它从来没有共鸣，而他热衷的文学和令我着迷的学科截然不同。他来大学是打算成为东方语言的大师，借此为自己的生涯开创一片天地。他决心追求耀眼的事业，因此将目光转向东方，认为那里能发挥他冒险进取的精神。他浸淫于波斯文、阿拉伯文和梵文，并且轻易就说服我投入同样的学问。我过去向来讨厌安逸，这时却希望逃离回忆，而且也厌恶先前的研究，于是欣然成为我朋友的同窗。东方学者的作品不只给了我指引，也给了我安慰。克莱瓦严谨地钻研他们的语言，但我和他不同，我并不打算使用那些语言，只想把学习语言当成暂时的消遣。我阅读时，只求了解其中的意思，而我的努力也得到不错的回报。东方学者多愁善感的文思足以抚慰人心，而他们所展现出的喜悦则令人振奋。我在读他国作者的作品时，从来没有这么强烈的感觉。阅读东方文学时，会觉得人生好似存在于温暖的阳光与一座开满玫瑰的花园中，存在于美丽敌人的一颦一笑以及熔蚀人心的烈焰之中。它们和希腊、罗马那些气概万千的史诗是多么不同啊！

夏天就在这些事情之中过去了，我返回日内瓦的时间定于秋末；但几经延误，冬雪降临，道路无法通行，我的旅程因故延至来年春天。我渴望见到故乡和我深爱的亲友，延误令我懊恼。我迟迟未返乡，只是因为不愿在克莱瓦熟悉这里的人之前，将他留在陌生的地方。那个冬天倒是过得很愉快，虽然春天来得晚，但明媚的春光完全弥补了它姗姗来迟的遗憾。

步入五月，我翘首盼着决定归期的信，这时亨利提议我们去因格施塔特近郊散步，让我好好告别我住了好些年的地方。我欣然接受了他的提议。我喜爱运动，而我在祖国的美景中从事这类活动时，克莱瓦总是我最爱的同伴。

我们此行花了十四天时间——我的身体和心情早已恢复，而呼吸着有益健康的空气、途中自然发生的插曲以及我和友人的对话，让我的身心更有活力。之前的研究让我无法和同学往来，让我变得不善交际，但克莱瓦唤醒了我心中美好的感受，他再次教我爱上自然的面貌，以及孩子欢喜的脸庞，真是不可多得的朋友！你对我的爱多么真挚，而且努力让我的心灵提升到与你同个水平。自私的追求曾让我变得狭隘而见识短浅，但你的温柔与友爱开启了我的感知。几年前的我爱人也受众人所爱，无忧无虑，这时我再度成为那个幸福的人。我心情好的时候，无生命的大自然也能赋予我最愉快的感受。宁静的天空和青翠的田野令我着迷。春天的确无与伦比；春日的花朵在树篱上绽放，夏季的花已经含苞待放。前一年我尽管努力忘记，但那些思绪仍像无法卸下的重担压迫着我，这时却不再折磨我了。

亨利见我重拾欢笑，感同身受，他表达他灵魂里充满的快乐，千方百计逗我开心。他在这种时候特别机智过人；他对话时想象力丰富，而他时常模仿波斯和阿拉伯作家，编出天马行空、充满热情的内容。有时他也背诵我最爱的诗句，或是激我开口辩论，这方面他可说是极为擅长。

我们在一个周日下午回到学院。路上农人们跳舞欢庆，我们遇到的所有人看起来都愉快欣喜。我兴致高昂，蹦蹦跳跳，心中充满无拘无束的快乐与狂喜。

7

我回去的时候，发现父亲寄来这么一封信。

亲爱的维克托：

你等着收到信以决定返乡的日期，大概等得不耐烦了。我起先只想写短短几行字，只提我将见你归来的日子，但那样的体贴太过残忍，因此我打消了念头。儿子，如果你预期会受到欣喜愉快的欢迎，却见到泪水和悲凄，你会多么惊骇？维克托啊，我该怎么叙述我们的不幸？你虽然不会因为不在我们身边而对我们的悲喜无动于衷，但我怎能让我离家已久的儿子承受痛苦？我希望让你为悲哀的消息做好心理准备，但我知道绝不可能。即使现在，你的目光已经扫过信纸，在寻找揭露噩耗的文字了。

威廉死了！——那个可爱的孩子，他的微笑温暖我的心，令我满心欢喜，他总是那么温柔又那么快乐！维克托，他被谋杀了！我不会试图安慰你，只会描述事情发生的经过。

上个星期四（五月七日），我和外甥女与你两个弟弟去普兰帕雷散步。那天晚上温暖而宁静，我们延长了散步的时间。我们想到要折返时已经薄暮。威廉和恩奈斯特跑在我们前面，那时我们发现找不到他们。于是我们找个地方坐着，等他们回来。不久恩奈斯特回来了，问我们有没有看到他弟弟。他说他在和威廉玩，而威廉跑去躲了起来，他遍寻不着，之后又等了很久，但威廉一直没回来。

我们听了忧心忡忡，一直找他直到夜幕低垂。伊丽莎白猜测他或许回家去了，但他不在家。一想到我可爱的孩子迷了路，在外头受着潮湿寒露，我就坐立难安。伊丽莎白也难过至极，于是我们拿了火把又回头找。大约清晨五点的时候，我找到了我可爱的孩子。前一晚我还看到他健康活泼、生气勃勃，此时却一脸土灰，动也不动地躺在草地上，脖子上留着凶手的指印。

我们将他抬回家，而我脸上的痛苦泄露了秘密。伊丽莎白急于看到遗体。我起先试图阻止，但她坚持，进了放置遗体的房间，匆匆看过受害者颈部之后，紧握着双手惊呼："天啊！我害死了我亲爱的弟弟！"

她昏了过去，好不容易才苏醒过来。她恢复生气时，只流泪叹息。她告诉我，那天傍晚威廉百般请求，希望她将她那条有你母亲珍贵画像的项链借他戴。那条项链不见了，显然它是让凶手痛下杀手的诱因。我们虽然不屈不挠地努力寻找，但至今还没找到凶手；可就算再怎么努力，也不能让我心爱的威廉活过来！

回来吧，亲爱的维克托，只有你能安慰伊丽莎白。她不断哭泣，硬是指责自己害死了他，她的话令我心痛。我们太伤心了，儿子，这样你会更愿意回来安慰我们吗？想到你亲爱的母亲！唉，维克托啊！感谢上天，她没活着看她的小宝贝如此惨烈地死去！

回来吧，维克托，别对凶手抱着报复的念头，带着平静温和的心情，我们心中的伤痛才不至于加剧，而得以复原。孩子，回到这个哀痛的家，但别抱着对你的敌人的憎恨，只带着对爱你的人的善意与温情就好。

你挚爱但哀痛的父亲

阿尔方斯·弗兰肯斯坦

一七××年五月十二日于日内瓦

我读这封信时，克莱瓦始终注意着我的表情，惊讶地看着我由接到父亲消息时的满心欢喜转为沮丧。我把信扔在桌上，两手捂住脸。

亨利发现我失声痛哭时，惊呼道："亲爱的弗兰肯斯坦，你都这么不开心吗？我亲爱的朋友，发生了什么事？"

我示意他拿起信，我则激动焦虑地在房里来回踱步。克莱瓦读着给我捎来不幸的内容，眼中也涌出泪水。

"朋友，我不知该怎么安慰你，"他说，"这样的不幸无法弥补。你打算怎么做？"

"立刻动身回日内瓦——亨利，跟我去预订马匹吧。"

一路上，克莱瓦努力想说些安慰的话，但他只能表达出由衷的同情。“可怜的威廉！”他说，“可爱又亲爱的孩子，他现在与他的天使母亲同眠了！见过这稚嫩可爱、开朗喜悦的孩子的人，必会为他早夭而落泪！他死得好惨，还被凶手掐住脖子！是怎样的凶手，竟然狠得下心杀害如此纯真烂漫的孩子！可怜的孩子！只有一件事能给我们安慰：他的亲友为他哀悼流泪，但他已经安息。痛苦过去了，他受的折磨永远结束了。他童稚的身躯长眠地下，离苦得乐。我们不需再为他惋惜，而是该把怜悯留给还活着的可怜人。”

我们匆匆走过街道时，克莱瓦说了这些话。他的话深深刻印在我的脑海，我在稍后独处时回想起来。但那时马匹一到，我便匆忙坐上一辆二轮轻便马车，向我朋友道别了。

旅途中，我始终陷于哀伤之中。一开始，我渴望与我悲伤的心爱的亲友一同哀悼，安慰他们，因此希望快点到达，但接近故乡时，我却放慢了前进的速度。纷至沓来的诸多感受让我几乎无法自抑。我经过了少时熟悉、几乎暌违六年的风景，发觉这段时间里，一切变化真大！一桩悲惨而突然的变故发生了，而无数的小事件多少可能造成不同的结果，而这些事件虽然比较平淡，影响却未必比较小。恐惧袭上心头，我不敢前进，担心令我战栗的种种莫名不幸即将发生，却说不清自己是在害怕些什么。

我处于这种痛苦的状态，在洛桑待了两天。我凝视着湖水，水面波澜不兴，周遭一切安宁，被称为“自然的殿堂”[1]的覆雪山峦不曾改变。平静而安详的景致让我逐渐平复，于是我继续踏上

1 典出拜伦的诗作《恰尔德·哈洛德的朝圣之旅》（*Childe Harold's Pilgrimage*），诗中以此描述阿尔卑斯山。

返回日内瓦的旅程。

道路沿湖畔延伸，接近我家乡时渐渐狭窄。我更清楚地看见侏罗山的黑色山腰和白朗峰的明亮山巅。我哭得像个孩子。“亲爱的群山！我美丽的湖泊！你们欢迎漂泊的旅人吗？你们的山峰清晰，天空与湖面都湛蓝平静。那是平安无事的预兆，还是要嘲笑我的不幸？”

朋友，我真担心一直叙述我的故事初始的情形，会显得枯燥乏味；但相较之下，那几天算是快乐的，而我回想起来就感到心情愉快。我的故乡，我亲爱的故乡！除了当地人，谁看得出我再次看见那些溪流、山峦，特别是湖泊的时候，心中多么喜悦！

然而，我接近家园时，却再次被悲伤和恐惧击倒。夜幕低垂，几乎看不到黑暗的山峦之后，我越发阴郁了。我看到的是一片广大而阴暗的不祥景色，而我隐约料到自己注定将成为世上最不幸的人。唉！我猜得没错，只有一点没料到——我想象、担忧的悲惨，不及注定经历的痛苦的百分之一。

我到达日内瓦郊区时，天色已全黑。城门已经关闭，我不得不在离日内瓦约半里格路程的村庄赛雪龙过夜。夜空晴朗，我无法入眠，于是决定看看可怜的威廉遇害的地点。我无法穿越城镇，只好坐船前往普兰帕雷。短暂的船程中，我看着闪电在白朗峰山巅闪动，形成优美的景象。暴风来得快，靠岸后，我爬上一座矮丘，观察暴风的发展情况。暴风雨逼近，天空乌云密布，不久我便感到斗大的雨，雨起先缓缓落下，但雨势随即加剧。

我离开了原先落坐的地点往前走，尽管黑暗与风雨持续增强，头上的轰雷亦不时发出骇人的霹雳声。侏罗山脉、萨雷夫峰和萨弗依地区的阿尔卑斯山传来回音。鲜明的电光令我眼花缭乱，照亮了湖水，湖面变得宛如一片火海。接着，有一瞬间似乎一片漆黑，直到眼睛由先前闪电的强光中恢复。瑞士的暴风雨似乎总是一瞬间便笼罩整个天际。最猛烈的风暴盘旋在城镇北方，在贝勒里夫岬和科佩村之间的那块湖区上。另一团风暴以微弱的电光照亮了侏罗山，还有一团让湖东方尖凸的莫耳山忽隐忽现。

我望着美丽骇人的暴风雨，继续踩着匆促的脚步游荡。天上壮观的大战让我心情一振，我合掌高呼："威廉，亲爱的天使！这是你的丧礼，是你的挽歌！"我说话的同时，察觉附近一处树丛后有个昏暗的影子渐渐逼近我。我纹丝不动，仔细凝视——不会错的。一道闪电照亮了那个身影，他的轮廓清晰显现。看到他庞大的身形，不属于人类的恐怖畸形样貌，我立刻明白那正是我赋予生命的怪物，那个恶心的恶魔。他怎会在这里？他会是杀死我弟弟的真凶吗？这想法令我不寒而栗。我脑中才浮现这念头，便深信不疑，我的牙齿打战，不得不靠着树支撑身子。那个身影迅速经过我身旁，我在昏暗中追丢了他的去向。人类不可能对那样可爱的孩子下毒手。凶手就是他！我深信不疑，他的出现正是无法驳斥的证据。我考虑追捕那名恶魔，但势必徒劳无功；另一道闪电亮起，我瞥见他已停驻在环绕普兰帕雷南方、萨雷夫峰山丘几呈垂直的山壁岩石上。他很快爬到山巅，消失无踪。

我依然没有动弹。雷电停了，但仍下着雨，周遭笼罩着伸手不见五指的黑暗。我在脑中反复思索之前一直努力忘却的那些事——我创造出那生命之前一连串的过程、我创造的成果出现在我床边，以及他离开时的情景。距离他得到生命的那一夜，已过了几乎两年，这会是他所犯下的第一桩罪行吗？天啊！我将一个邪恶的怪物纵放到这个世上，他以残杀与带来苦难为乐。难道不是他杀害了我的弟弟？

那一晚，没人能想象我多么痛苦。我睡在又湿又冷的户外，但我对气候造成的不适浑然不觉；我忙着想象邪恶与绝望的情境。我想着我纵放到人世间的生物，我赋予了他意志与力量，而他却做出像这样的骇人之举，宛如我所化身的吸血鬼、我的亡灵爬出了坟墓，威胁着摧毁我珍爱的一切。

黎明降临，我朝城里走去。城门开了，我加快脚步回到家中。我最初的念头是揭露我知道凶手的身份，并迅速派人前去追捕，但想起得解释前因后果，我犹豫了。是我创造了他，赋予他生命，并且在午夜里看到他现身于难以通行的高山绝壁上。我也记起我创造他之后患了神经性热病，这个事实会让这不可思议的故事显得像错乱中的胡言乱语。我知道如果别人向我叙述那样的事，我也会当那是神智不正常的人所说的疯话。何况，即使我能说服亲友们追捕他，那生物也能借着他特异的能力躲过任何追捕。那么追捕他又有何用？那生物能爬上萨雷夫峰的垂直山壁，谁还抓得了他？做了这些考虑后，我下了决定：我打算保持沉默。

我约摸在清晨五点跨进家门。我要仆人别惊扰家人，然后进了书房，等待他们平日晨起的时刻到来。

六年的岁月溜走了，在一段梦境中流逝，只留下一道无法磨灭的痕迹。我现在所站的位置，正是离家前往因格施塔特前和父亲相拥的地方。我所敬爱的父亲，他还没离开我们！我凝视着壁炉架上母亲的画像。画像按家父的意思，画的是母亲多年前的经历——凯洛琳·博福尔在痛苦绝望中跪在亡父的棺木旁。她衣着朴素，双颊苍白，但却有股美丽尊严的气质，几乎不容人心生怜悯。画下方有一张威廉的小画像，我看着那张小画像，泪如泉涌。这时恩奈斯特进了书房，他听见我进门的声音，因此匆匆来迎接。“亲爱的维克托，欢迎回家，”他说，“唉！如果你三个月前回来，就能看到我们快乐无忧的样子。现在回来，却得与我们分担什么也无法挽回的不幸。不过，不幸压垮了我们的父亲，有你在，希望能让他恢复生气；希望你能劝可怜的伊丽莎白别再伤心徒劳地自责。——可怜的威廉！他是我们的心肝、我们的骄傲！”

我弟弟眼里不住地流下泪水，一股剧烈的痛苦蔓延我全身。之前，我只能想象我凄凉的家是什么悲惨景况，但我见到的现实却是截然不同但不亚于想象的灾难。我安慰着恩奈斯特，更仔细地问起父亲的情况，还有我称为表妹的她。

“我们之中，她最需要安慰，”恩奈斯特说，“她把弟弟的死归咎在自己身上，因此悲痛不已。但找到凶手之后——”

“找到凶手了！老天啊！怎么可能？谁追得上他？不可能，要抓住他，就像抓住云雾，或是用麦秆阻挡山涧。我也看到他了，他昨晚还逍遥在外！”

“我不懂你在说什么，”我弟弟纳闷地说，“但对我们来说，发现凶手的身份是雪上加霜。一开始谁也不相信，即使现在有了种种证据，伊丽莎白仍不肯接受。说实在的，贾丝婷·莫里兹那么亲切，那么喜爱我们家人，谁会相信她会突然做出那么令人发指的恶行？”

“贾丝婷·莫里兹！可怜的女孩，她被指控是凶手吗？但谁都知道那是错的，恩奈斯特，应该不会有人相信吧？”

“一开始的确没人相信，但后来发现了一些间接证据，几乎让我们不得不相信。而她从意外发生后始终显得很慌乱，因此让证据更有分量，恐怕不容怀疑了。她今天要接受审判，到时你就会听到一切细节。”

接着他说发现威廉遇害的那天早上，贾丝婷生了病，之后还卧病在床几天。在这期间，有个仆人正巧检查了凶杀案那晚她穿的衣物，在她的口袋里发现我们母亲的画像，也就是之前判断为杀人动机的那项物品。那个仆人立刻拿给另一个仆人，那人没对家中任何人提起，便直接去找了治安法官，法官便依据他们的证词，逮捕了贾丝婷。可怜的女孩被控杀害威廉，她极为慌乱的模样大大证实了嫌疑。

这故事听起来不寻常，但我的信念并未动摇。我急切地回答：“你们都错了，我知道凶手是谁。贾丝婷啊，可怜善良的贾丝婷，她是无辜的。”

这时家父进了书房。我注意到他满面忧愁，但他努力摆出愉快的神态迎接我。我们互相安慰之后，原本打算不再谈这桩不幸，换个话题聊点其他的事，恩奈斯特却叫道：“天啊，爸爸！维克托说他知道是谁杀了可怜的威廉。”

“不幸的是，我们也知道了，”家父答道，“我宁可永远被蒙在鼓里，也不想得知我如此看重的人竟这么堕落、不知感激。”

“亲爱的父亲，您错了，贾丝婷是无辜的。”

“如果她是无辜的，那上天就不会让她遭到误判。她今天要受审，我由衷希望她被宣告无罪。”

这番话安抚了我。我心中坚信犯下这桩罪行的真凶不是贾丝婷，也不是任何人类，因此我不相信任何间接证据足以将她定罪。我的故事太惊世骇俗，不能公开，以免一般大众视之为疯狂。除了我这个创造者，除非被理智说服，否则谁会相信世上居然有事物能体现假设与轻率的无知，而将之纵放到世间的就是我。

伊丽莎白不久便加入了我们。上次见到她之后，岁月已改变了她，给予她更胜幼年美貌的迷人气质。从前的率真仍在，活力也在，但她的神情中又添了一丝感性与聪慧。她激动地迎接我。“亲爱的表哥，”她说，“你回来，我充满了希望。你或许能想办法证明我可怜无辜的贾丝婷无罪。唉！如果她被判有罪，还有谁是安全的？我相信她和我一样清清白白。我们的不幸加倍了；我们不只失去亲爱可人的男孩，我真心喜爱的可怜女孩还要被更残酷的命运夺走。如果她被判有罪，我将永远不再喜悦。但她不会被定罪，我相信一定不会；那么即使我为小威廉的死而哀悼，我仍然会感到欣慰。”

“亲爱的伊丽莎白，她是无辜的，”我说，“法院一定会证明她的清白。别担心，开心起来吧！她一定会无罪开释。”

“你真善良，真宽厚！其他人全都相信她有罪，我好难过，我知道她不可能是凶手。看着其他人一味抱着偏见，我真绝望灰心。”她流着泪说。

“亲爱的外甥女，”家父说，“擦干你的泪。如果她如你所说真的无辜，那就相信我们的法律能主持公道，也相信我将以行动阻止任何的偏袒不公。”

8

我们在悲伤中度过了几小时，等待十一点开庭审判。家父与家中其他成员有义务出席作证，我便陪同他们一起去法庭。整个审判过程恶劣地践踏了公平正义，让我饱受折磨。审判将决定我的好奇心与非法创造的产物，是否将害死我的两个同胞——一个是天真快乐的孩子，另一个则将遭受更残忍的极刑，而且将因它的不名誉更使得这桩惨案留下更加骇人的记忆。贾丝婷也是个优秀的女孩，她的美德应当能让她过上幸福的日子。这下一切都将被埋没在不名誉的坟墓中，而我是罪魁祸首！我宁可承认是我犯下贾丝婷被加诸的罪行，但罪行发生时我并不在场，这么说只会被视为疯子的胡言乱语，因我而受苦的人仍然无法开脱。

贾丝婷神色平静。她身穿丧服，而她向来迷人的神态因为她怀着肃穆的心情更显得美丽超凡。她表现得对自己的无辜信心满满，虽然受到数千人注目、非难，却没有颤抖。她的美貌原本可能激起的善意，全因旁观者想象她犯下了滔天大罪而被抹杀。她很镇静，但这显然是逼不得已的表现。她先前表现出的烦乱被视为有罪的证据，因此她强力振作，装出勇敢的模样。她进入法庭时扫视席间，立刻发现我们坐的位置。她看到我们，泪水似乎模糊了她的眼睛，但她随即恢复自制，忧伤深情的眼神似乎证实她清白无辜。

审判开始，在检方诵读罪名之后，传唤了几名证人。几项不寻常的事实连连对她不利，不像我一样有证据能证实她无罪的人，很难不信心动摇。谋杀案发生的那整晚她都不在家，接近早晨时，一个市场女摊贩看见她出现在发现遇害孩子尸体的地方不远处。女人问她在那里做什么，但她神色异常，回答也语无伦次。她约在八点时返家，有人问起她在哪里过夜，她回答在找孩子，并且急切地询问有没有关于他的任何消息。她看到尸体时，陷入极端的歇斯底里，一连病了几天。接着呈上的是仆人在她口袋找到的画像，然后伊丽莎白声音颤抖地证实，那正是威廉失踪前一小时她为他戴在颈子上的画像，于是一阵震惊愤慨的低语传遍法庭。

接着传唤贾丝婷为自己辩护。随着审判进行，她的表情变了。她脸上露出错愕、骇然、悲凄的神情。有时她强忍泪水，但要她答辩时，她振作起来，回答的声音清晰，但时强时弱。

“上天有眼，我清白无罪，”她说，“但我不会自欺欺人，认为我的抗辩足以让我无罪开释。我的清白全赖于指控我的事实有个简单明了的解释，而我希望我向来所秉持的人格，足以让庭上在任何间接证据看似可疑或不可信之时，愿意做出比较有利的解释。”

接着她说起案发那一晚，伊丽莎白允许她去距离日内瓦约一里格的谢纳村的姨母家度过傍晚。她在返家途中约晚上九点时，遇到一名男子问她是否看到过失踪的男孩。她忧心忡忡，花了几个小时找男孩，日内瓦城门关上之后，她被迫在一间农舍的谷仓里过夜几个小时，她与农舍人家熟识，因此不愿吵醒他们。她在谷仓时几乎整夜都在注意周遭的状况，但天快亮的时候，她觉得自己睡了几分钟，之后就被脚步声惊醒。黎明已至，她离开藏身处，继续寻找我的弟弟。即使她曾经过他遗体所在之处，她也并不知情。市场女摊贩询问她时，她表现慌乱也是在所难免，因为她一夜无眠，还不确定可怜的威廉命运如何。至于画像，她无法解释。

“我知道这个间接证据对我极为不利，”悲惨的受害者说，“但我无法解释。我对此一无所知，只能猜测可能是别人放在我口袋里的；但这样也说不通。我相信我在这世上没有敌人，应该不会有人这么邪恶，毫无道理要毁了我。是凶手放的吗？据我所知，凶手并没有机会；即使有，他为何偷了首饰，却又那么快丢下呢？

“我将理由交由庭上裁决，但我看不出自己有什么希望。我请求传唤证人询问我的人格，如果他们的证词无法推翻我被控犯下的罪，即使我发誓自己清清白白，我仍将被判有罪。”

接着传唤了几位认识她多年的证人，他们平时对她多有称赞，但他们认定她犯了罪，并且因为对这桩犯行心怀恐惧与怨恨，不敢也不愿上前。以贾丝婷完美的性情与端正的行止为证，是最后的希望，伊丽莎白眼见这办法也将让被告失望，于是她虽然焦虑不已，仍要求向庭上陈述。

“我是不幸遇害的孩子的表姐，”她说，“或许说是他姐姐更恰当。我早在他出生之前，就和他父母住在一起，受他的父母养育。因此我出庭作证或许不适当，但眼见一个同胞将因为她虚情假意的友人碍于怯懦而即将送命，我希望能被容许发言，说出我对她为人的了解。我和被告素来熟识。我和她同住在一个屋檐下，一次长达五年，另一次则将近两年。在这些日子里，我觉得她是世上最亲切、最善良的人。她在我舅母弗兰肯斯坦夫人病危时关怀用心地照顾她，之后又在她母亲罹患重病时照顾了母亲，她的态度让认识她的人都对她敬佩不已，后来她又回到我舅舅家，受全家人喜爱。她和过世的男孩有深厚的情感，待他宛如最慈爱的母亲。我个人会毫不迟疑地说，即使看到不利于她的种种证据，我仍全心相信她清白无辜。她没有动机做出那种事，至于作为主要证据的那个廉价首饰，如果她真心想要，我如此尊重而珍视她，一定愿意送给她。”

伊丽莎白简单但强烈的诉求引起喃喃的赞许，但众人称赞的并非是可怜的贾丝婷，而是伊丽莎白无私的挺身而出。这下子公众对贾丝婷更为愤慨了，认为她忘恩负义，恶劣至极。伊丽莎白发言时，她流着泪，但没回话。整场审判中，我焦虑痛苦至极。我相信她无辜，我清楚得很。我毫不怀疑是那个恶魔杀害了我弟弟，会是他恶意让无辜的人失去清白与性命吗？我无法承受我恐怖的处境，当我感觉群众的声音和法官的神情已经将我不幸的牺牲者定了罪，我痛苦地跑出法院。被告受的折磨无法与我的折磨相提并论；她尚且无辜，但悔憾的獠牙却撕扯着我的心口，紧咬不放。

我在苦痛中度过一夜。第二天早上，我去了法院。我的嘴唇喉咙焦渴无比，不敢问关键的问题，但法院的官员认识我，猜到我的来意，于是告诉我结果。陪审团已经完成投票了，箱里全是黑球，贾丝婷被判有罪。

我无法描述当时的感受。我曾经经历恐怖，能以适当的词汇描述那样的感觉，但言语却无法表达我当时所承受的心痛与绝望。和我说话的那人还说，贾丝婷已经认罪了。他说："案情这么明显，就算没有她的口供也无所谓，但我还是很高兴她认罪了。说实在，我们的法官都不愿意用间接证据来定犯人的罪，尽管那证据是如此具说服力。"

这奇怪的消息出人意料，这是什么意思？我的双眼蒙骗了我吗？我是否真的那么疯狂，就像我如果透露自己怀疑的凶手时，世人都会相信我疯了一样？我匆忙回家，伊丽莎白急于知道审判结果。

"表妹啊，"我答道，"就如同你或许已经料到的，所有法官都宁可错杀十人也不肯放过一个罪犯。但她认罪了。"

可怜的伊丽莎白一直深信贾丝婷无辜，这下深受打击。"天啊！"她说，"这叫我如何再相信人性的善良？贾丝婷，我把她当妹妹一样爱惜敬重，她怎么能挂着无辜的微笑却背叛我？她温和的眼神似乎显示她做不出任何奸险的事，没想到她却杀了人。"

不久之后，我们得知可怜的被告表示想见我的表妹。家父希望她别去，但仍交由她依自己的感受和判断决定。"好，"伊丽莎白说，"虽然她有罪，我还是去吧。不过，维克托，你陪我去，我没办法单独前往。"我想到要探视贾丝婷就苦恼，但我无法拒绝。

我们进入昏暗的牢房，看着贾丝婷坐在另一端稀疏的干草上。她双手铐着手铐，头靠在膝上。她看我们进去，便站起身，旁人离开之后，她便扑倒在伊丽莎白脚边悲泣了。我的表妹也哭了。

“噢，贾丝婷！”她说，“你为什么要夺走我最后的慰藉？我相信你无辜，我原先虽然很痛苦，却不如现在可悲。”

“你也觉得我那么邪恶吗？你也和我的敌人一起打击我，谴责我杀了人？”她泣不成声地说。

“起来吧，可怜的女孩，”伊丽莎白说，“如果你是无辜的，为什么要跪下？我不是你的敌人。即使看到种种证据，我还是相信你无辜，直到听见你自己认了罪，而你却说那不是真的。亲爱的贾丝婷，我保证，除了你的自白，没有什么能动摇我对你的信心。”

“我的确招供了，但我招供的是谎言。我认罪，是为了能得到赦免，但现在压在我心头的这个谎言，却比我其他的罪孽更加沉重。愿天主宽恕！我被判有罪后，听我告解的神父就一再恐吓我，他威胁又胁迫，直到我开始觉得自己或许就是他口中所说的怪物。他威胁如果我继续执迷不悟，将把我逐出教会，而我最后的时刻将被地狱之火灼身。亲爱的小姐，没有人支持我，大家都视我为悲惨之人，将名誉扫地，万劫不复。我还能怎么办？在不幸的一刻，我承认了谎言，现在我真的悲惨凄凉了。”

她停顿下来，哭了一会儿，又说：“亲爱的小姐，想到你会相信你的贾丝婷，你在天的舅母如此看重而你也深爱的贾丝婷，竟会犯下只有恶魔才可能犯下的罪行，我就感到害怕。亲爱的威廉！天主赐福的宝贝孩子！我很快就会在天堂与你相见，我们会幸福快乐；我将名誉扫地，离开人世，唯独想到能与他重逢，我才感到稍许安慰。”

“噢，贾丝婷！请原谅我居然对你有片刻的怀疑。你为什么要招供？但亲爱的女孩，别难过，别害怕。我会发表声明，我会证明你无辜。我会以我的泪水和祈祷融化你敌人的铁石心肠。你不会死！你是我的玩伴、我的同伴，也是我的姐妹，我怎能让你死在绞架上！不行！不行！发生那样恐怖的不幸，我绝对活不下去。”

贾丝婷悲伤地摇头。“我不怕死，”她说，“那痛苦已经过去了。天主带走了我的软弱，给了我承受最糟情况的勇气。我将离开一个悲伤而残酷的世界，只要你能记着我，知道我遭到误判，我就能接受等待着我的命运。亲爱的小姐，学着我，耐心服从天意吧！”

她们交谈的时候，我退到牢房一角，掩饰我内心的骇人悲痛。真教人绝望！但有谁敢说出来？可怜的受害者隔天就将越过生与死之间的可怕疆界，不再像我必须继续感受那深沉强烈的悲苦。我咬牙切齿，从我的灵魂深处发出一声呻吟。贾丝婷吃了一惊。她发现出声的人是我，便走过来说：“亲爱的先生，谢谢您好心来看我。希望您不会相信我有罪。”

我答不出话来。“对，贾丝婷，”伊丽莎白说，“他比我更坚信你清白无辜，即使听见你认罪，他仍然不相信。”

“我真心感谢他。我由衷感激能在这最后的时刻，还如此仁慈待我的人。对我这么一个悲惨至极的人表达关爱，实在令人感动！这让我的不幸减轻了大半。亲爱的小姐，还有你的表哥，有你们肯定我清白无辜，我想我能平静地死去了。”

这受苦的可怜人竟然这么安慰别人和自己。她的确认命了。而我这个真凶却感到胸中有只阴魂不散的虫在钻动，让我无法说出任何能够给她希望与慰藉的话语。伊丽莎白也悲伤地哭泣着，然而她的悲伤是无辜者的悲伤，像浮过月亮上的乌云一时遮蔽月光，但无法永远遮掩月亮的光华。痛苦与绝望探入我心深处；我心中有个地狱，是任何事物都无法消除的。

我们陪着贾丝婷数小时，最后伊丽莎白才极为勉强地离开。她喊道："真希望我能和你一起死，我无法在这个悲惨的世界活下去了。"

贾丝婷强忍住凄凉的泪水，刻意装出愉快的神色。她拥抱伊丽莎白，以压抑不住情绪的声音说："亲爱的小姐，亲爱的伊丽莎白，我唯一珍爱的朋友，别了。愿宽厚的上天祝福你，保护你，愿这是最后一个折磨你的不幸！活下去吧，你要幸福，也要让其他人幸福。"

翌日，贾丝婷死了。伊丽莎白发自肺腑的雄辩仍不足以说服法官改变他们对崇高受难者的判决。我慷慨激昂的上诉也徒劳无功。当我听到他们冷酷的回答，听到这些人严厉无情的推论时，我原先打算吐露的自白便消散在唇边。就算我宣告自己是疯子，也无法撤销我可怜受害者被判的死刑。最后她以杀人犯的身份枉死在绞架上！

我的心饱受折磨，但我转而思考伊丽莎白承受了多么深切而无言的悲恸。那也是我的错！还有家父的苦恼，以及不久前充满欢笑的家变得如此凄凉，一切都是我备受诅咒的双手所造成的！

悲伤的家人啊，你们哭泣了，但这不会是你们最后的泪水！你们将再次为死者号哭，让人们听到一次又一次的哀歌！弗兰肯斯坦，你的儿子、你们的亲人、你们挚爱的朋友，他愿为你们流尽每一滴宝贵的血，除非你们亲爱的面容露出喜悦，否则他不会感到快乐，也不再会有快乐的念头，而他会让你们笼罩于幸福中，穷他一生服侍你们——然而他却让你们哭泣，流下无数的泪水。如果这种无情的命运终能结束，如果毁灭能在你们被折磨得入土之前中止，他将得到他梦寐以求的喜悦！

我先知似的灵魂一面这么诉说，一面被悔憾、恐惧及绝望撕扯着的同时，我看到我爱的人们在威廉与贾丝婷的坟前枉然地悲伤着。他们两人率先因我邪恶的创造物而不幸牺牲。

9

人类心灵最大的痛苦，莫过于在感情被接连发生的事件激起之后，那种继之而来夺去心灵的希望与恐惧的死寂与必然。

贾丝婷死了，安息了，而我仍活着。血液在我的血管里没有阻碍地流动，但绝望懊悔的担子却压在我心头，什么也无法消除。我无法阖眼，像个幽灵似的四处徘徊，因为我犯下了难以言喻的骇人罪行，而我告诉自己，之后还会有别的、更多的恶事发生。但我的心中其实充满善意与对美德的爱好。我与生便俱来一颗善心，渴望有朝一日能够付诸实践，并且对人类有所奉献。如今一切都毁了。如果良心平静，我应该还能满足地回顾过去，对未来抱着新的希望，然而我被悔恨与内疚纠缠，坠入言语无法形容的极端痛苦的深渊之中。

这样的心境夺去了我的健康，而我或许从来不曾从最初的震惊中恢复。我畏于见人，一切喜悦或满足的声音都折磨着我，我只能由孤独中得到安慰——而且是黑暗、深沉、死亡般的孤独。

家父察觉我的性情与习性改变，看了心痛，他借着从自身无愧于天地的良知与毫无污点的人生所得出的论点，坚毅地激励着我，以唤醒我心中的勇气来驱散笼罩我的阴霾。“维克托，”他说，“你以为我不像你一样深受折磨吗？我对你弟弟的爱胜过任何人对孩子的爱，”说着，他眼中泛起泪光，“但活下来的人，也有责任避免无节制的悲伤放大他们的不幸，不是吗？这也是你对自己的责任，因为过度的悲痛会遏止进步与喜悦，甚至让人无法履行每日的义务，做不到这一点，便无法在社会立足。”

这番劝告虽然立意良善，却完全不适用于我的状况。要不是悔恨混杂着讽刺，惊骇混杂着不安，加诸其他种种情绪，我应该先掩饰自己的悲伤，安慰我的亲友。这会儿，我只能以沮丧的眼神回应家父，尽量别让他看见我。

大约这段时间，我们回到贝勒里夫的房子隐居。这样的改变很适合。从前城门总在十点关闭，之后便无法待在湖边，我因此厌倦了住在日内瓦城墙内的日子。这下子，我自由了。家中其他成员回房休息之后，我时常驾船出去，在湖上度过数个小时。有时我扬帆让风带着我；有时我划到湖中央，让船自由漂流，自己则陷入愁思。当周遭一片静谧，而我是那片美丽超凡的风景中唯一不安躁动的漫游者——除了蝙蝠，或是我在靠岸时才会听见断断续续叫声刺耳的青蛙之外——时，我常会有投入平静湖面的冲动，让湖水永远淹没我以及我的不幸。我想起坚强而悲痛的伊丽莎白，才忍住冲动。我深爱着她，而她的命运与我的紧紧相系。我也想起父亲和仍在世的弟弟。我将恶魔纵放到他们身旁，怎能自私地抛下一切，让他们毫无防备地面对那恶魔的恶意？

那些时刻，我悲苦地流泪，而我希望我的心灵重拾平静，让我能安慰他们，给他们快乐，但终究徒然。悔恨掩熄了所有希望。我造成了无法弥补的邪恶，日日活在恐惧之中，生怕我所创造的怪物会犯下新的恶行。我隐约觉得事情尚未结束，他还会犯下某种滔天大罪，其严重性几乎足以超越过去的恐怖记忆。只要我所爱的人还活在世上，我就有理由感到恐惧。没人能理解我对这恶魔的深恶痛绝。我想起他便咬牙切齿，双眼冒出怒火，热切希望毁灭我鲁莽赋予的生命。只要想起他犯的罪、想起他多么狠毒，我便会燃起强烈的恨意与复仇之心。如果我能将他从安地斯山山巅推向山底，我愿意攀上安地斯山的最高峰。我想再见到他，这样我或许就能将最强烈的憎恶发泄在他头上，替威廉和贾丝婷复仇。

我们举家哀悼。那段时间所发生的骇人事件让家父的身体严重恶化。伊丽莎白忧愁沮丧，她不再能怀着愉悦的心情做日常琐事，她总觉得任何喜悦都是对死者的亵渎；她当时觉得，她能够献给无辜被害者的，只有永恒的苦痛与泪水。她不再是幼时和我在湖岸漫步，忘我地谈着未来的无忧人儿。那一连串让我们与世隔绝的悲凄事件开始侵袭她，她因此失去了珍贵的笑容。

“亲爱的表哥，”她说，“只要想到贾丝婷悲惨地死去，我就无法再以过去的目光来看待这个世界和它的杰作了。我过去总把从书里读到或听到的恶行和不公不义，当成是古代的传说或杜撰的恶行，至少那些事感觉很遥远，虽然听过、看似理解，但无法想象。但如今惨事发生在家中，人在我眼里都成了互残嗜血的怪物。但我这样想显然不公平。谁都相信那可怜的女孩有罪；如果她做得出令她痛苦的罪行，她当然是最堕落的人类。为了那么点珠宝，杀害恩人和朋友的孩子，而且是自出生就让她照顾的孩子，她几乎视如己出疼爱的孩子！我不赞同杀死任何人，但换作是我，一定也觉得那样的人不该活在人类社会中。然而，她是无辜的。我知道，我觉得她是无辜的；你的看法和我一样，因此让我更加肯定自己的看法。唉！维克托，如果虚假与真实如此难辨，谁还相信自己能得到幸福？我觉得我好似走在悬崖边，而数千人涌向崖边，意图将我推入深渊。威廉和贾丝婷遇害了，凶手却逍遥法外；他自由地在这世上来去，或许还受人尊敬。但就算我因为同样的罪名被判绞刑，我也不愿当那种败类。”

我悲痛欲绝地听着这番谈话。我虽然没亲手杀人，却是真正的凶手。伊丽莎白从我脸上看出我内心的痛苦，于是善良地牵起我的手说：“亲爱的朋友，请你务必冷静下来。天知道这些事件对我的影响有多么深，但我还不如你悲惨。你脸上那绝望的表情，有时还带着一心想复仇的神情，令我不寒而栗。亲爱的维克托，忘了那些黑暗的狂热吧。要记得你身边的朋友都将希望寄托在你身上。我们失去让你快乐的力量了吗？啊！在这平静美丽的地方，在你的家乡，我们彼此相爱，真诚相待，便能得到宁静的祝福，那么还有什么能打破我们的平静？”

她对我而言，比任何财富更宝贵，而她的这些话难道不足以驱走萦绕我心的魔鬼吗？她说话时，我靠向她，像是深怕凶手在这一刻将她由我身边夺走。

就这样，无论是温柔的友情还是天地的美景，都无法让我的灵魂脱离悲伤，就连爱的言语也毫无裨益。我被乌云笼罩，没有任何有益的影响得以穿透那片乌云。我一如受伤的鹿，拖着麻痹的四肢来到不曾被践踏的蕨丛，在那里低头看着穿过自己身上的箭矢，等待死亡。

有时我能够对抗淹没我的绝望，但有时内心旋风般的激情又会让我忍不住想借由活动和改变环境，以舒缓那难以承受的感受。在一次这样的情况下，我突然离家，走向附近阿尔卑斯山脉的谷地，希望在那景致的壮阔与永恒之中，忘却自己与我生为凡人的短暂悲伤。我漫步的路径朝夏穆尼山谷而去。我儿时常去那里。六年过去了，我遭逢不幸，然而原始恒常的景色却分毫未变。

我骑马走完前半段的旅程。之后我租了骡子，骡子在崎岖的路上走得比较稳，不容易瘸脚。天气宜人，当时大约正值八月中，贾丝婷几乎过世两个月了，那是我一切悲哀的凄惨开端。我深入阿尔韦峡谷时，心情的重担减轻了不少。巍峨的山峦与绝壁在我四周耸立，河流在岩石间奔流，瀑布腾落的水声在诉说着宛如全能的天主一样强大的力量——于是我不再恐惧，再也不会屈服于任何次于创造统御自然力的力量，那些自然力正展现着最骇人的形象。随着我越爬越高，山谷越加壮观惊人。废弃的城堡悬于松树繁茂的高山上、阿尔韦的汹涌水流，处处可见农舍从树林间冒出头，形成独特的美景。宏伟的阿尔卑斯山让这景色显得更加雄伟。阿尔卑斯山白雪皑皑的顶峰傲视一切，仿佛属于另一个世界，是另一个种族的居处。

我越过培利西耶桥，河流切出的深谷在我面前展开，我开始爬上巍然立于其上的山。不久我进入夏穆尼山谷。这座山谷更加壮丽神奇，却不如我刚通过的塞瓦克斯那般美丽如画。覆雪的高山就在一旁，但我没再看到倾圮的城堡和肥沃的田地。巨大的冰河迫近路面，我听见雪崩的声音，看见雪崩路线上的雪尘。白朗峰，那座崇高宏伟的白朗峰，从环绕四周的尖峰之中拔起，庞然无朋的山巅俯视山谷。

这段旅程中，我时常感受到失落已久的激动喜悦。路上行经的一些弯道以及突然察觉或认出的一些新事物，让我想起少年时期无忧喜乐的岁月。风呢喃的是抚慰的低语，自然之母让我不再落泪。接着慈悲的力量失去作用——我又发觉自己受忧愁束缚，沉溺于愁思之中。我朝我的牲畜一踢，奋力前冲以忘却这个世界和我的痛苦，更是忘却自己——有时，我出于绝望，便跨下驴子扑倒在草地上，被恐惧与沮丧压垮。

最后我来到了夏穆尼村。我身心俱疲，之后感到精疲力竭。我在窗边待了片刻，看着白朗峰上明灭的白色闪电，倾听下方阿尔韦峡谷中的激流奔腾。这些安抚人的声音仿佛催眠曲，抚平了我太过敏锐的感官；我的头靠上枕头，睡意袭来。我感到睡意出现，由衷感谢带给我遗忘的施予者。

10

隔天我在山谷中漫步。我站在阿尔韦依河的源头旁，水源来自一条从山顶缓缓下移、穿凿了山谷的冰河。我面前是山峦的陡峭山壁，冰河的耸立冰墙，以及几株四处散落断裂的松树；而大自然帝国这个富丽堂皇的谒见厅庄严静默，只被翻腾的水流声、巨大冰块坠落的声音、雷鸣般的雪崩声，或累积的冰崩裂声打破。冰的崩裂声沿着山峦回响，在不变法则的默默作用下，那些冰时不时被拉裂、扯落，仿佛被那些法则玩弄在手中。这些壮观迷人的景观让我得到最大的安慰，让我由完全卑微的念头中振作，虽然没让我不再难过，却减缓安抚了悲伤。而且，这些景色多少让我分了心，不再沉浸于前一个月缠绕我心的念头。我夜里回房休息，白天凝望的壮阔景象伴我入眠。那些景象萦绕在我四周：无瑕的覆雪山巅、映着光辉的峰顶、松树林、光秃崎岖的峡谷、云朵间翱翔的老鹰，都聚在我身旁，让我平静。

然而隔天早上醒来时，它们都去了哪里？一切鼓舞人心的事物都随睡意而去，阴郁的忧愁笼罩着每个念头。外头下着倾盆大雨，浓雾掩盖了山顶，让我无法看到那些伟大朋友的面容。但我仍穿透云雾的面纱，试图在朦胧的藏身处寻找他们。雨或风暴又算什么？骡子已牵至门边，我决定登上蒙坦弗特顶峰。我想起最初看到不断推进的广阔冰河，我的心灵受到怎样的影响。当时我的心中充满无比的狂喜，灵魂仿佛生了翅膀，从蒙昧的世界飞翔至光明与喜悦之中。自然壮丽而令人敬畏的景象的确一向能让我心情平静，使我忘记人生闪逝的烦忧。我很熟悉路径，决定不带向导。况且有别人在，就毁了景色的庄严之感。

爬升的坡度陡峭，但短小的路径不断蜿蜒，借此攀上近乎垂直的高山。这景色荒凉孤寂。处处都是雪崩的痕迹，树木残破倒伏，有些树全毁，有些折弯了腰，靠着山坡凸出的岩石或横过其他树木。随着越爬越高，小径被雪沟截断，石块不断从上方滚落。其中一处雪沟特别险恶，只要有些微声响，例如大声说话，空气的震动就足以让说话的人大祸临头。松树不高，也不繁茂，但阴郁的松树让这一景增添了静谧的气息。我眺望下方的谷地，大片雾气自流过谷地的河面升起，团团环绕对面的山峦，那些山峦的顶峰也隐藏在一模一样的云雾之后，同时暗沉的天空落下大雨，加重了周围景色予人的哀凄感受。

唉！人类何苦吹嘘自己的感性胜于禽兽，这样只让人类更身不由己。如果我们的冲动局限于口渴、饥饿和欲望，我们或许是近乎自由的；然而吹起的风、偶然的文字或那文字可能传达的情景，却都能触动我们。

休息时，噩梦能毒害睡眠。
清醒时，杂念能破坏一日的情绪。
我们感觉、体会或思考，笑或哭，

沉溺于悲痛或忘却忧虑；
没什么不同——不论悲喜，
这些情感可能随时消逝。
而明日绝不像昨日，
唯有无常是不变的道理。[1]

爬到坡顶时，接近中午。我坐在俯瞰一片冰河的岩石上好一会儿。一阵雾气笼罩着冰河和周围的群山。不久一阵微风吹散了云雾，我下到冰河上。冰河表面凹凸不平，像翻腾的海上波涛一样隆起或深陷，间或有深邃的裂隙。那片冰原约一里格宽，但我花了快两小时才横越。对面的山是几近垂直的光秃岩壁。从我站的那一侧看去，蒙坦弗特山就在正对面的一里格外，在它之上还耸立着壮丽威严的白朗峰。

我继续待在岩石上的凹处，望着这神奇而惊人的风景。那片冰之海，或该说是辽阔的冰河，在它栖居的群山之间蜿蜒前进，缥缈的山峰高耸在冰河的凹处上方。透过云层的阳光照耀着晶亮的冰峰。我先前心中怀着悲伤，这时却充满类似喜悦的感受。我高喊："漂泊的灵魂，若你的确在漂泊，没在你的窄床上安息，就请允许我拥有这微薄的喜悦，或让我成为你的同伴，远离生命的喜悦。"

我这么说着，突然看到一个人影从一段距离之外，以超乎常人的速度冲来。我之前小心翼翼走过冰上的裂缝，他却轻易地跃过。他靠近时，看得出身材也异于人类。我心慌意乱，视线模

1 出自玛丽·雪莱夫婿、英国浪漫派诗人珀西·雪莱（Percy Shelley，1792—1822）的诗《无常》（*Mutibility*）。

糊，感到晕眩，但山中的寒冷强风立刻让我恢复清醒。那看来体形巨大骇人的人影靠近时，我发觉那正是我所创造的怪物。我愤怒又畏惧地颤抖，决心等他上前，和他奋力一搏。他靠近了，他的面容流露着强烈的痛苦，以及轻蔑与怨恨，而他异常的丑恶令人不忍直视。但我当时几乎没注意这点，一开始，我愤恨得完全说不出话，恢复之后，我便对他吐出充满强烈憎恶与鄙视的言语。

“恶魔，”我喊道，“你敢靠近我？你不怕我的复仇之手猛烈击碎你卑鄙的头颅吗？滚吧，恶毒的鼠辈！要不就留下来，让我将你践踏为尘土！唉！真希望了结你可悲的生命，让你残忍谋害的牺牲者活过来！”

“我早知道会受到这样的对待，”那恶魔说，“谁都痛恨悲惨的人；我的悲惨无与伦比，想必让人痛恨至极！然而你啊，我的创造者，却鄙视唾弃你所创造的我，只有你死或我亡才会解开我们之间的羁绊。你打算杀了我，你怎能这样玩弄生命？如果你尽你对我的义务，我就完成我对你以及世上其他人类的义务。如果你答应我的条件，我将不再打扰你们，但如果你拒绝，我会大开杀戒，直到你其余亲友满足我的嗜血欲望。”

“可恶的怪物！恶魔啊！以你犯下的罪，受地狱的折磨还便宜了你。悲哀的恶魔！你既然责怪我创造了你，那就来吧，让我捻熄我粗心燃起的火花。”

我怒火滔天，在足以杀害另一种生物的强烈情绪驱使下，我扑向他。

他轻而易举就避开我的攻势，说道：“冷静点！在你将仇恨发泄在我身上之前，请听我说。我受的苦难还不够，你还想让我更悲惨吗？即使生命只是一连串痛苦的累积，对我而言仍然珍贵，我会捍卫我的生命。别忘了，你把我创造得比你自己强大；我比你高大，关节比你强健，但我不会受到诱惑而和你作对。你创造了我，只要你尽到你的义务——那是你欠我的——我甚至会温驯地服从赋予我生命的主人。噢，弗兰肯斯坦，我是你最应该公正、仁慈对待与爱护的对象，别对其他所有人公正，唯独践踏我。别忘了你创造了我，我该是你的亚当，但我更像堕落的天使，是你无故剥夺喜悦的人。我眼中见到的尽是喜乐，却唯独我完全被排除在外。我善良亲切，因为经历悲伤而成为恶魔。让我重拾快乐，我将再度展现美德。”

“快滚！我不会相信你的话。我们是敌人，你我没有共同点。快滚，不然我们就来一较高下，不是你死就是我亡。”

“我该怎么说才能打动你？我乞求你发挥善心与同情，但怎样的恳求也无法让你关爱地看一眼你的创造物吗？弗兰肯斯坦，相信我，我是善良的，我的灵魂散发着爱与人性的光芒；但现在我孤零零的，寂寞悲凄，不是吗？你虽创造我，却厌恶我，而你的同类与我互不相欠，我能对他们寄予什么希望？他们唾弃我、憎恨我。荒凉的山峦和阴郁的冰川是我的慰藉。我在这里徘徊多日，只有我毫不畏惧冰冻的洞穴，我就住在那里，那也是人类唯一不吝于让我栖身之处。我向凄冷的天空致意，和你的同类比起来，它们对我更仁慈。如果众多人类知道世上有我存在，他们会和你一样拿起武器毁灭我。因此我难道不该痛恨那些厌恶我的人吗？我不会和我的敌人交好。我悲惨至极，而他们也该体会一下我的不幸。但你有办法补偿我，拯救他们脱离邪恶；也唯有你能让这邪恶如此壮大，最终不只你与你的家人，其他无数的人也将被邪恶的愤怒旋风吞噬。发挥你的同情心，别鄙视我。听听我的故事，听过之后，再依照你的评断，放弃我或怜悯我。但听我一言。罪犯虽然残酷，但按人类的法律，他们在被判刑之前仍有权利替自己辩驳。弗兰肯斯坦，听我说。你指控我杀了人，然而你却打算毁掉自己的创作，而且心安理得。噢，人类永恒的正义万岁！但请别不理会我，听我说，等我说完，如果你仍然有此打算，而且下得了手，就毁了你创造的成果吧。”

我答道：“你为何要唤起我的记忆？想起那些让我一想到就打哆嗦的事件，想起我是一切不幸的始作俑者？骇人的恶魔啊，我诅咒你最初见到阳光的那一日。虽然这样等于是诅咒自己，但我仍要诅咒创造你的那双手！你害我凄惨透顶，我无法思考我对你是否公正。快滚！别再让我看到你可憎的身影。”

“我的创造者，这样你就看不见了。”他说着伸出令人厌恶的手遮到我眼前，我奋力挥开。“这样你就不用看见你所厌恶的景象，但你依旧能听我说，同情我。我凭着我曾拥有的美德请求你，听听我的故事；我的故事又长又古怪，而这地方的温度并不适合你娇贵的知觉，来山后的小屋吧。太阳依然高挂天空，在太阳落下，藏到覆雪绝壁后方，照亮另一个世界以前，你会听见我的故事，然后便能做出决定。我是否将永远离开人类的世界，过着无害的生活，或成为你同类的祸害，迅速毁灭你，完全取决于你。”

他一边这么说，一边领头走过冰原；我跟着他。我内心澎湃，没回答他的问题，但我边走边思考，衡量他的种种论点，决定至少听听他的故事。我会这么做一半是因为好奇，而怜悯之心更让我做出决定。我之前一直认为他是谋害我弟弟的凶手，我渴望他确认或推翻我的想法。而我也头一次感到创造者对创造物的责任，而且我应当让他快乐，不该急于指责他邪恶。这些动机促使我答应他的要求。因此我们越过冰原，爬上对面的岩石。空气寒冷，雨再度落下。我们进入小屋时，这恶魔难掩兴奋之色，我则心情沉重且意志消沉。但我同意听他说，我坐到可憎的同伴生起的火旁，于是他说起他的故事。

11

“我好不容易才忆起我最初来到人世的时光，当时发生的一切都显得模糊混淆。奇妙而纷杂的知觉袭向了我，我同时看见、听见，也有了触觉与嗅觉；而我确实是过了许久，才学会分辨各种感官的运作。我记得一道强光持续刺激我的神经，让我不得不闭上双眼。接着黑暗笼罩，令我不安，我应该又睁开了眼睛，因而光线再度映入眼帘时，我几乎已感受不到黑暗带来的感受。

“我开始走动，接着我想应该向下走吧，但我立刻发现我的知觉有了巨大改变。之前我周围都是黑暗模糊的物体，我看不出也摸不出它们是什么，但这时我发现我能自由前进，所有障碍我都能避开或越过。光线越来越让我感到压迫，走动时的热度也让我疲惫，于是我找了能遮荫的地方，那是位于因格施塔特附近的森林。我躺在一条溪边恢复体力，直到我耐不住饥渴。我从近乎蛰伏的状态醒来，吃了些树上和地上找到的浆果。我用溪水解了渴，然后躺下来，陷入睡梦。

“我醒来时，周围一片黑暗。我觉得冷，而且因为发觉自己孤零零的，直觉有点恐惧。我离开你的公寓之前，因为寒冷而裹上一些衣物，但这些衣物不足以抵御夜晚的寒露。我是可怜无助又不幸的人，我什么也不知道，什么也无法分辨，只觉得痛苦的感觉从四面八方袭来，我坐下哭泣。

“不久，天上不知不觉泛起柔和的光，我感到愉快。我抬起头，看到一个明亮的形体升到树木之间。我惊叹地望着。那东西（就是月亮）移动缓慢，但照亮了我的路径，于是我再次开始寻找浆果。我还觉得冷，在一棵树下发现一件宽大的斗篷，我用斗篷裹住身子，坐到地上。我脑中没有明确的念头，一切都混沌不明。我感觉到光线、饥渴还有黑暗，无数的声音传入我耳中，各种气味也从四面八方飘来。我唯一能分辨的物体是明亮的月亮，而我愉快地注视着它。

“昼夜交替数次，以及夜晚的天体出现的时间明显缩短之后，我开始能够分辨各种感官。我逐渐能看清供我饮用的清澈溪水，以及用叶片为我遮荫的树木。第一次发现时常传入我耳中的悦耳声音，原来出自长着翅膀、常常遮去我光线的小动物时，我开心不已。我也开始满心好奇地观察周遭的环境，观察笼罩我上方那片灿烂天顶的边际。有时我试着模仿小鸟发出的悦耳声音，却做不到。有时我想以我自己的方式表达我的感觉，但我发出的声音古怪含糊，吓得我又安静下来。

“夜里的月亮消失了，之后又以稍小的形状出现。我依旧待在森林，这时我的知觉已经变得清晰，我的头脑每天都接收到新的概念。我的眼睛习惯了光，也看得到物体清楚的形状；我能区分虫草，然后逐渐能分辨不同的草类。我发现麻雀只会发出刺耳的声音，乌鸫和画眉鸟的声音则甜美迷人。

“一天，我受寒冷所苦之时，发现流浪乞丐留下的火，温暖的感觉让我欣喜若狂。我高兴地把手探入燃烧的余火中，立刻痛得缩回。我心想，真奇怪，同样的东西居然会造成如此截然不同的效果！我研究着火是如何生成的，开心地发现木头是生火的要件。我很快收集了一些树枝，但枝条很潮湿，无法燃烧起来。我苦恼地坐下，看着火焰燃烧。我放在热源旁边的湿木头干了，终于也起火燃烧。我思索着，摸摸不同的树枝，发现了原因，于是着手收集大量的木头，心想只要将它们烤干，我就能拥有充足的火源了。夜晚降临，带来了睡意，我深怕火会熄灭，于是小心地放上干木材和枯叶，并将湿树枝覆在上面；之后我将斗篷铺在地上，坠入梦乡。

"我醒来时已是早晨，第一个念头就是去检查火的状况。我揭开覆盖其上的树枝，一阵微风立刻让余烬燃起火焰。我发现这个现象，于是拿了些树枝当扇子，将几乎快熄灭的余烬扇起。夜晚再次降临，我欣喜地发现火也会发光，而且发现这个元素对处理食物也有利。因为我找到旅人留下的一些残余食物，食物烤过了，尝起来比我在林子里收集到的浆果美味不少。因此我尝试如此处理我的食物，将食物放在燃烧的余烬上。我发现浆果经过火烤就难以入口了，但坚果和根茎类却更加美味。

"但食物日渐稀少，我常常耗费整天的时间寻找些许橡果以缓解难受的饥饿，却徒劳无功。发现这情况，我决定离开原先居住的地方，寻找比较容易满足我些许需求的地方。火是意外而得，我不知道怎么再把火变出来，因此这次移居，我很惋惜会失去火。我花了数小时认真思考这个问题，最后不得不放弃火源。我裹着斗篷，朝着落日穿过林子。我如此漫无目的地走了三天，最后发现一片开阔的乡间。前一晚下了一场大雪，田野雪白一片，景色寂寥，而且我发现覆盖在地上的湿冷东西冻僵了我的脚。

“当时约早上七点，我急着寻找食物和栖身处，最后在一处高地上发现一间小屋，显然是某个牧羊人为了方便而建的。我从没见过这种屋子，满心好奇地观察它的构造。我发现门开着，就走进去。里头的火旁坐着一个老人，他正在用火准备早餐。他听到声音便转身，一看到我就放声尖叫，逃出小屋，以超乎他羸弱外表所能的速度逃过田野。他的外表和我见过的人都不同，他逃跑的举动也有些令我惊愕。但小屋的外观让我着迷，不仅雨雪无法穿透，地面也是干燥的；那里对我而言，就有如恶魔在饱受地狱火海折磨之后所见到的魔宫[1]一样神圣美妙。我贪婪地吞下牧羊人吃剩的早餐，有面包、奶酪、牛奶和酒；不过我不喜欢酒。吃完后，我挨不住疲惫，就躺到地上的干草堆上睡着了。

“我醒来时已是中午时分，明亮的阳光照在雪白大地上，在暖意的驱使下，我决定继续旅行。我将牧羊人剩下的早餐装进我找到的一只袋子里，接着花了数小时穿过田野，直到日落时分来到一座村庄。眼前的景象是多么地神奇！小屋、干净的农舍、富丽堂皇的宅邸令我目不暇给。园子里的蔬菜和一些农舍窗边搁着的牛奶与干酪勾起我的食欲。我走进其中最漂亮的一间房子，但我的脚才刚踏进门，孩子就惊声尖叫，还有个女人昏倒了。全村惊动，有些人逃跑，有些人攻击我，最后我被石头和其他种种投掷武器打得浑身青紫，我只好逃到田野间，恐惧地躲进一间低矮简陋的棚舍，它和我在村里看到的宅邸相比，实在破败许多。这间棚舍和一间干净漂亮的农舍相连，不过我汲取了不久前的惨痛

1 魔宫（Pandemonium），约翰·弥尔顿（John Milton，1608—1674）在《失乐园》（*Paradise Lost*）一书所创的名词，是地狱里撒旦和众魔鬼的都城。

教训，不敢走进农舍。我栖身的棚舍是由木头搭建，高度很低，我在里面勉强才能坐挺身子。地面是未铺木板的泥土地，不过很干燥；虽然风由无数的裂缝灌入棚舍，但我觉得它仍是躲避雨雪的宜人藏身处。

“于是，我便在这里躺下，尽管处境悲惨，我却很庆幸能够在恶劣的季节里，找到可以栖身以及逃离野蛮人类的避难所。

“黎明降临，我立刻爬出低矮的棚舍，以便能够观察相连的农舍，并且思考是否能够继续待在我找到的栖身处。棚舍贴在农舍后方，两边是猪舍和一池干净的水，只有一侧是敞开的，我昨晚便是从那里爬进去。我用石头和木头遮起可能暴露我身影的所有缝隙，但又可以随时移开它们以便离开棚舍。我所需要的光线都来自猪舍，不过这样已足够了。

“如此布置了我的住处，并且在地面铺上干净的干草后，我远远瞧见一名男子的身影，于是躲了起来；我前一晚受到的对待仍历历在目，因此不敢信任对方。不过那天我先以偷来的一块粗面包果腹，我还拿了一个杯子，以便舀起流经我藏身处的清水，如此会比用手捧着喝更为方便。棚舍的地势较高，因此能保持非常干燥，而且由于棚舍靠近农舍的烟囱，所以还算温暖。

“有了这样的环境，我决定只要没发生让我改变主意的事，就待在这间棚舍里。我先前住的荒凉森林里，树枝会滴下雨水，地面湿冷，这里相较之下宛如天堂。我开心地吃了早餐，正要挪开一块木板装杯水，就听到脚步声。我从一个狭窄的空隙看出去，瞧见一个年轻女子顶着一个桶，从我的棚舍前走过。女孩青春年少，举止文雅，和我所看到的其他村民与农家仆人气质不同。但她衣着寒酸，只穿了一袭粗布蓝裙和亚麻外套；她金黄的头发编成辫子，没有装饰；她看起来很有耐心却也显得悲伤。她离开我的视线，过了约摸一刻钟，她顶着桶回来，桶里这时盛了些牛奶。桶的负担似乎丝毫没妨碍她，她走过时，有个年轻男子和她会合，他的神态显得更加沮丧。他只阴郁地发出一些声音，便接过女孩头上的桶，独自走回农舍。她跟着走去，两人便消失了。不久我又看到那个年轻男子，他手里拿了些工具越过农舍后的田地；女孩也在忙碌，有时待在屋里，有时在院子里。

“我观察我住的地方，发现农舍与棚舍相连的墙上先前有扇窗子，但已经用木板封起。一块木板有个隐秘的缝隙，刚好可以透过缝隙观看。缝隙可以看到一间小房间，室内刷白，干干净净，但几乎毫无家具摆设。房里的一角生着小火，火旁坐了一个老人，郁郁寡欢地用手撑着头。年轻女子忙着整理农舍；但过了不久，她从橱柜里拿出一个东西，两手忙不停，然后她坐到老人身旁，老人拿起一件乐器，奏出比歌鸫或夜莺更悦耳的声音。即使我这可怜的不幸之人从未见识任何美丽的事物，仍觉得这一幕很动人。农舍老人的银发和慈祥面容令我心生敬意，女孩温柔的举止则赢得了我的好感。他奏出甜美忧伤的曲调，我发现他和善的同伴听了落泪，老人没发现，直到她啜泣出声；他发出了几个音，那个美丽人儿放下工作，跪到他膝旁。他将她拉起朝她微笑，笑中的慈爱让我有种奇妙而强烈的感受。不论是饥饿或寒冷、温暖或食物，从未让我有过痛苦与喜悦交杂的感受。我无法承受这些情绪，于是退开窗边。

“不久，那个年轻人回来了，肩上扛着一捆柴。女孩在门边迎接他，帮他卸下重负，将一些燃料搬进农舍，搁到火上。然后她和年轻人走到农舍一角，他给了她一大块面包和一块干酪，她似乎很开心，进园子里采了些根茎类和植物，放进水里，然后搁到火上。之后她继续工作，年轻人则进园子，似乎忙着挖掘、拔起草根。如此忙了约一个小时，年轻女子来找他，他们一同进了农舍。

“与此同时，老人闷闷不乐，但他同伴出现时，他刻意表现得较为愉快，接着他们坐下开始吃东西。他们很快就用完这一餐。年轻女孩又开始整理农舍，老人让年轻人搀扶着，走到农舍前晒了一会儿太阳。这两个美好的人物形成美妙至极的对比。一个年老，有着银发，面容散发着善良慈爱；年轻的消瘦优雅，他的五官完美对称，双眼和神态却传达出无比的悲伤与沮丧。老人回到农舍，年轻人这次带着和早晨不同的器具，走过田野。

“夜晚不久就降临，我惊叹地发现这家人用了细蜡烛维持光亮，我很高兴日落没有终结我观察邻居的乐趣。晚上，年轻女子和她的同伴忙着一些我不明白的工作；老人再次拿出乐器，演奏出早晨令我着迷的美妙声音。老人一结束，就换年轻人开始，但他并不是奏乐，而是吐出平板的声音，不像老人的乐器所奏出的和谐乐声或鸟类的鸣唱；我后来才发觉他是在朗读，但当时我不懂语言或文字的奥妙。

“这家人就这样度过一段时间，然后便熄灭灯火，我猜是就寝去了。”

12

“我躺在我的干草上，却无法入眠。我想起白天发生的事。令我心动的主要是这些人的温和举止，我渴望加入他们，却没有勇气。前一晚野蛮村民对待我的方式，我记忆犹新，我决定不论之后认为该怎么做，至少目前会静静待在这个棚舍里，观察并努力理解影响他们行为的动机。

“隔天早上天没亮，这家人就醒了。年轻女子整理农舍，准备食物，年轻人吃了第一餐之后就出门。

“这一天的例行事务也跟昨天一样。年轻人一整天都出外工作，女孩则在家里忙着各种辛苦的杂务。没多久我发现老人看不见，他在空闲时不是演奏乐器，就是在沉思。两个年轻人对他们德高望重的同伴敬爱有加。他们亲昵地为他做任何小事，温柔地孝顺他，他则以慈爱的微笑作为回报。

“他们不太快乐。年轻人和他的同伴时常回避，似乎是去暗自垂泪。我看不出他们不开心的原因，但我很在意。如果连那么美好的人都过得悲惨，那么我这个不完美又孤单的家伙如此不幸，也不足为奇了。但为什么这些温柔的人会不快乐？他们有一间（在我看来）舒适的房子，还有种种享受。他们冷的时候有火可取暖，饿的时候有佳肴享用；他们穿着很好的衣服；更重要的是，他们有彼此为伴，可以交谈，每天交流温柔亲昵的眼神。他们的泪水代表了什么？那些泪真的是在表达痛苦吗？我起初无法解开这些疑惑，但时间和持续的关注，终于让我理解许多原先成谜的情况。

“过了很长的一段时间，我才发现这个可亲的家庭的一大忧虑——贫穷，而他们深受这种不幸所苦。他们的粮食完全来自他们菜园里的蔬菜和唯一一头乳牛的奶水，而牛在冬天产乳量很少，因为它的主人几乎找不到食物喂它。我想他们常常挨饿，尤其是两个年轻人，因为他们数次把食物放到老人面前，却没留任何食物给自己。

“这善良的表现深深感动了我。我在夜里习惯偷他们的食物吃，发现那样做会让这些人受苦之后，我就不再偷食物，而是去附近林子里找浆果、坚果和根茎类果腹。

“我还发现我能借着其他方法减轻他们的负担。我发现年轻人每天得花不少时间为家中用火收集木柴，于是夜里我常常拿着他的工具（我很快就明白工具的用途）出去，并且带回足用数日的柴火。

“还记得我第一次带回柴火时，年轻女子早上打开门，看到门外一大堆木柴时惊讶不已。她大声说了些话，年轻人来到她身边，也表现出惊讶之情。我开心地发现他那天没到森林去，而是修理农舍，在园子里耕作。

“我逐渐发现了更重大的事。我发现这些人能够借由发声来传达他们的经验和感受。我发觉他们所说的话有时会诱发倾听者在心中或表情上流露出喜悦或痛苦、微笑或悲伤。这实在是一门神圣的技术，我热切希望熟习，但每次尝试都深受挫折。他们发音很快，且所说的字句和任何看得到的物体没有显著的关联，因此我毫无头绪，无法解开言语指涉之谜。然而，我努力不懈，在棚舍里度过数次的月亮圆缺之后，终于发现谈话中几个最熟悉的东西怎么称呼。我学会并懂得运用‘火’‘牛奶’‘面包’‘木柴’这些词汇。我也知道了这家人的名字。年轻人和他的同伴都有几个名字，但老人只有一个，叫作‘父亲’。女孩叫‘妹妹’或‘艾嘉莎’，年轻人则叫‘费利克斯’‘哥哥’，或‘儿子’。我终于学会了属于那些声音的意义，能够发出那些声音，我开心得无法言喻。我分辨出其他一些词汇，但当时还无法理解或运用，例如‘好’‘亲爱的’‘不快乐’。

“我如此度过了冬天。这家人温柔的举止和善良让我爱极了他们；他们不开心时，我也觉得忧愁；他们喜悦时，我备受感染。我很少看到其他人，其他偶然进入农舍的人态度刻薄、举止粗俗，更让我相信我朋友们的教养优人一等。我发觉老人时常设法鼓舞他的孩子，因为有时我会听到他要他们抛开忧虑。他会以轻松的口吻说话，脸上善良的表情连我看了都觉得愉快。艾嘉莎毕恭毕敬地听着，眼中有时涌起泪水，她总会悄悄揩去不让人发现；但我也发现她听过父亲劝告之后，她的神情跟语气都会开心许多。但费利克斯却不然。他总是三人之中最忧愁的，即使我愚钝的感官也能察觉他似乎比他的亲人更为苦恼；但即使他的面容更显悲伤，说话的语调却远比他妹妹开朗，尤其是和老人交谈的时候。

“我可以举出不少例子，这些例子虽然无足轻重，却能显示这些亲切居民的性情。费利克斯虽然身处贫穷匮乏之中，但他欣喜地将第一朵从雪地里探出头的白花带给妹妹。大清早她还没起床时，他就会清除挡在她去挤奶房路上的积雪，到井边汲水，从外屋搬来木柴，而当他发现总有一双看不见的手补满外屋里的木柴时，总是大感惊奇。我想白天他大概有时会帮附近的农夫做事，因为他常常直到晚餐时才返家，却没带回木柴。其他时候，他在园子里工作，但在大地被霜雪覆盖的季节能做的事不多，所以他会朗读书籍给老人和艾嘉莎听。

“刚开始时，这个举动令我大惑不解，但我逐渐发觉他在朗读时，会发出许多和他说话时一样的声音。因此我推论他在纸上看到他能理解的发音符号，于是我一心也想了解那些符号；但我连那些发音都无法理解，怎么可能了解那些发音符号呢？我全心投入，在这种能力上进步不少，但仍然不足以明白所有对话。我很明白虽然我渴望向农舍居民揭露自己的身份，然而在灵活运用他们的语言之前，我不该冒险。因为懂得语言，我才可能让他们忽略我畸形的外表，而我天天目睹我们的差异，对这样的状况了然于心。

“我欣赏那家人的完美外表——他们的优雅、美丽和脱俗的外貌，但我在清澈的池子里看到自己时，我真是吓坏了！我起初吃惊地后退，无法相信水中反射的是我的影像。当我终于相信我真是这样的怪物时，我心中充满悲苦的沮丧与羞耻。唉！这可悲的丑陋面貌有什么致命的影响，我那时还未完全明白。

“随着阳光渐暖，白昼的日光变长，冰雪融化，我看到了光秃的树木和黑色的土壤。从这时开始，费利克斯更忙碌了，令人心痛的饥馑迹象终于消失。之后我发现他们的食物虽然粗糙，但有益健康，而且分量充足。园子里冒出几种新的植物，他们取来烹煮；随着季节推移，这些丰足的征兆日日增加。

“我发现天上倒下水，就叫下雨。没下雨的日子里，老人在中午会在他儿子的搀扶下出外散步。起初常下雨，但强风很快吹干大地，而季节渐渐变得更宜人了。

“我待在棚舍的生活一成不变。早上，我就注意这家人的活动，等他们分散去做各种活动时，我就睡觉；白天的其余时间我都在观察我的朋友。等他们就寝时，如果有月亮或是星光照亮黑夜，我就进林子找自己的食物，为他们收集柴火。我回来之后，只要有需要，我就为他们清除路径上的积雪，做之前看过费利克斯做的那些工作。之后我发现，这些由看不见的双手所完成的事让他们大感讶异。我有一两次在那样的时候听见他们说出‘善良的精灵’‘太好了’这样的话，但我当时不明白这些话是什么意思。

“我的思考变得比较灵活，渴望探索这些可爱人的动机与感受。我很好奇费利克斯为什么愁云惨雾，艾嘉莎为什么那么悲伤。我觉得（真是愚蠢的家伙！）我或许有能力让这些可敬的人重拾欢笑。我睡着或外出的时候，眼前常冒出可敬的眼盲父亲、温柔的艾嘉莎和优秀的费利克斯的身影。我视他们为高尚的人，认为他们将主宰我未来的命运。我在脑中想象了千种我在他们面前现身以及他们欢迎我的景象。我想象他们最初会感到厌恶，但最后我会借着温和的态度和抚慰人心的话语，先赢得他们的接纳，之后再赢得他们的爱。

“这些念头令我开心，让我又燃起学习语言的热情。我的器官虽然粗糙，但还堪用；我的声音虽然和他们轻柔悦耳的音调截然不同，但我却能够轻松发出我理解的字眼。这就像《驴子和小狗》的寓言故事——温柔的驴子虽然粗鲁，但充满善意，应该值得受到比殴打和诅咒更好的对待吧。[1]

“春日舒服的阵雨和宜人的暖意，改变了大地的样貌。似乎躲在洞穴里的人们这时冒了出来，从事各种耕作。鸟鸣声更为雀跃，树木吐出新芽。欢欣喜悦的大地！不久之前仍然荒凉、湿潮且不宜人居，这时却变成适于诸神的居所。迷人的自然景象让我精神一振，过去的记忆已被抹去，目前的生活宁静，而未来笼罩着希望和喜悦期待的灿烂光芒。”

1 《伊索寓言》中《驴子与小狗》的故事里，驴子想和小狗一样得到主人疼爱，于是模仿小狗向主人撒娇，没想到下场仍然是挨棍子。

13

“我现在会加快讲到我故事中比较感人的部分。我会说起大大影响我感受的事件，而正是那些感受让我由从前的我变成现在的我。

“春意渐浓，气候变得宜人，天空无云。大地之前荒芜阴暗，这时却草木蓊郁，绽放着美丽的花朵，我看了好惊讶。种种迷人的气味和无数美景满足振奋了我的感官。

“在这样的一个日子里，这家人暂时停下手边的工作休息时——老人弹奏吉他，孩子们则听他演奏——我发现费利克斯的表情有着难以言喻的悲伤，他不时唉声叹气。有一次，他的父亲甚至暂停演奏，我由他的神态猜出，他是在问他的儿子为何悲伤。费利克斯以愉快的口吻回答，而老人再次开始弹奏，这时有人敲了门。

“来者是位小姐，她骑在马背上，由一个乡下人带路。那位小姐身穿黑衣，脸上罩着厚厚的黑色面纱。艾嘉莎问了一个问题，而陌生人只以甜美的腔调说出费利克斯的名字。她的声音悦耳，但和我两个朋友的声音都不同。费利克斯听了，急忙走向这位小姐，而小姐看到他就掀起面纱，我因此看见她美如天仙的面容。她的头发光泽乌黑，扎着特殊的发辫；她有着深色的眼眸，目光柔和却充满生气；她的五官比例完美，肤色极为白皙，双颊泛着可爱的粉红。

“费利克斯见到她，似乎乐不可支，他脸上所有的悲伤一扫而空，神色立刻显现极度的狂喜，而我几乎无法相信他能做出这样的表情；他双眼闪亮，高兴得脸颊绯红，那一刻，我觉得他就和初来乍到的陌生人一样美丽。陌生人似乎内心五味杂陈；她揩去美丽眼睛流出的几滴泪，向费利克斯伸出手，费利克斯喜不自胜地吻着她的手，唤着她，而我猜想他应该是称她为‘甜美的阿拉伯女孩’。她似乎不了解他的意思，但依旧露出了笑容。他帮她下马，打发了替她领路的人，然后带她进入农舍。他和他父亲交谈片刻，年轻的陌生人跪在老人脚边，正要吻他的手，但他把她拉起身，疼爱有加地拥抱她。

“我很快就发现，陌生人虽然咬字清晰，看来会说她自己的某种语言，但她和这家人却无法理解彼此的语言。他们比了许多我不了解的手势，但我发觉她的存在让农舍充满喜悦的气氛，驱散了这家人的悲伤，就有如太阳驱散了晨雾。费利克斯似乎特别开心，并且以欣喜的微笑迎接他的阿拉伯女孩。而艾嘉莎呢，一向温柔的艾嘉莎吻了美丽陌生人的手，指着她的哥哥，比着手势，看来是在说他在她来之前总是处于悲伤之中。如此过了几个小时，由他们的神情看来，他们表现着喜悦之情，而我当时并不明白为什么。不久，我借由陌生人跟着他们复述而反复出现的某些声音，明白她在努力学习他们的语言；而我立刻想到，我也该利用同样的方式来达到同样的目的。第一堂课，陌生人学了大约二十个词汇；大部分是我已经学会的，但其他的让我受益良多。

“夜晚降临，艾嘉莎和阿拉伯女孩早早就寝。她们要离去时，费利克斯吻了陌生人的手，说：‘可爱的莎菲，晚安。’他久久未就寝，和他父亲交谈。他们时常提起她的名字，我猜想他们美丽的客人是他们谈话的主题。我一心想听懂他们的话，尽了一切力量，却发现办不到。

“隔天早上，费利克斯出门工作，阿拉伯女孩等艾嘉莎忙完平日的事情后，便坐到老人脚边，拿着老人的吉他，弹了些美丽迷人的调子，让我不禁流下悲伤与喜悦的泪水。她唱起歌，歌声抑扬圆润，像林子里的夜莺一样时而高扬时而微弱。

“她唱完之后，将吉他交给艾嘉莎，艾嘉莎起先拒绝，后来才接下。她弹着简单的曲子，并唱出甜美的歌声，但不同于陌生人的美妙音调。老人听得出神，说了些话，艾嘉莎努力向莎菲解释，而他似乎是想表示艾嘉莎的音乐让他非常喜悦。

“日子像之前一样平静地过去，唯一的不同在于我朋友脸上的悲伤已经被喜悦取代。莎菲总是开朗愉快的；我和她在语言上进步神速，两个月后，我逐渐了解这家人所说的大部分语句。

“同时，黑色的土壤覆满牧草，翠绿的土堤点缀着无数芬芳美丽的花朵，月光照亮的林子闪烁苍白的星光。阳光温暖了些，夜空晴朗宜人。我夜间的游荡虽然因为日落晚了、日出提早而大为缩短，却令我极度喜悦。我担心再次遭受我在第一座村子所受的对待，因此从来不敢在白昼时冒险外出。

“我的日子在专注学习中度过，以便能更迅速运用这个语言。我可以大言不惭地说，我进步得比阿拉伯女孩迅速，因为她懂的词汇不多，说话结结巴巴，而我能理解他们的话，几乎能模仿他们说的每个字。

“我对话的能力进步时，也和陌生人一起学了识字，能够识字也为我开启了宽广的喜悦和视野。

“费利克斯用来教莎菲的书是弗尼所写的《帝国的废墟》[1]。若不是费利克斯在念诵时详尽解释，我应该无法理解这本书的意旨。他说，他选这一本作品，是因为它的修辞风格是模仿东方作者。这部作品让我对历史有了粗浅的了解，概略知道世上现存的几个帝国；我因此理解了世上不同国家的风俗、政府和宗教。我听闻亚洲人生性懒散，希腊人拥有惊人的才华和心智活动，罗马人早期的战争与过人的美德（以及随后的堕落），以及那个伟大帝国的没落，还有骑士风范、基督教精神，以及国王。我听到发现美洲的过程，和莎菲一同为该地原住民的不幸命运而落泪。

“这些奇妙的叙述让我产生种种陌生的感受。人类既强大高洁又超凡，同时却恶毒而卑鄙吗？有时宛如邪恶的后裔，有时又显得高贵而神圣。身为伟大而品德高尚的人，似乎是一个有理性的生物最高的荣耀；由许多历史记录可见，身为卑鄙恶毒之人则似乎是最低下的堕落，比盲眼的鼹鼠或无害的虫子更加卑劣。很长一段时间，我无法理解人怎能杀害自己的同类，甚至无法理解为什么要有法律与政府；但我听到恶行与血腥的细节之后，便不再惊叹，并且厌恶憎恨地不愿再听。

1 《帝国的废墟》（全名为《论毁灭或帝国革命之沉思》，*Les Ruines, ou Méditations sur les révolutions des empires*），为法国哲史学家及政治家弗尼（Constantin-François Chasseboeufde, comte Volney，1759—1820）之作，出版于1791年，是法国大革命后重要的革命思想之作。书中严词批评君主专制的政治与意识形态，并质疑宗教组织，对人类与文明的描写时有偏颇，较为愤世嫉俗。书中的宗教观较接近自然神学，神在创造之后即对创造物弃之不顾，与怪物的经历不谋而合。

“现在这家人的所有对话都带给我新的惊奇。我听着费利克斯教导阿拉伯女孩，让我明白了人类社会的奇妙系统。我听到财产分配、巨富与赤贫、阶级、出身与贵族血统等事。

“那些话让我开始自省。我学到，你们人类最重视的价值是纯洁高贵的出身与财富。有其中任一者，就能受人尊敬，若没有出身也没有财富，大多会被视为无赖或奴隶，注定为少数人的利益挥汗辛劳！那我又是什么？我完全不知道自己从何而来，也不知道我创造者的身份，只知道我没有钱、没有朋友，也没有任何资产，况且我还被赋予畸形可怕而令人嫌恶的外表。我的本质甚至和人类不同。我比他们敏捷，能靠着粗陋的食物生存；我经历极端冷热时，身体受到的伤害也比较小；我的个子远比人类高。我仰首四顾，没看到也没听过和我一样的人。所以我是个怪物，是大地上的污点，所有人都逃开我，拒绝与我有所关联。

“我无法形容这些省思带给我多大的痛苦，我努力驱走这些念头，但了解徒增伤悲。噢，要是我永远待在最初居住的林子里，知道的、感觉到的只有饥渴和炎热，那该多好！

“知识真奇妙！一进到脑中，就有如地衣紧攀着岩石不放。我有时真想摆脱思想和感觉，但我发现只有一个办法能战胜痛苦，就是死亡——那是令我感到恐惧但却不了解的状态。我仰慕美德与善意，喜爱这家人温和文雅的态度与和善的性格，却无法与他们交流，只能在他们看不见、不知情的情况下，透过我暗中习得的方法与他们交流，但这并未满足我的欲望，反而让我更渴望成为他们的一员。艾嘉莎的温柔话语和迷人的阿拉伯女孩活泼的微笑，都不是为我而发。老人温和的鼓励和亲爱的费利克斯生动的谈话，也不是对我而说。我真是可怜不幸的怪物！

“其他的课让我更印象深刻。我听到两性的差异、孩子出生成长，父亲如何沉溺于婴儿的微笑之中，以及大孩子之间的俏皮对话，母亲的生命和关注都投注在她的宝贝身上，少年的心智如何拓展、得到知识，还有兄弟姐妹等，以及将人类彼此联结的种种关系。

“但我的亲友和人际关系在哪里？我童稚之时，既没有受到父亲看顾，也没能得到母亲的微笑轻抚。即使有，我过去的生命已经完全被抹除，剩下一片我无法分辨的空白。从我有记忆之初，我的身材已经是当时那样高大了。我没看过像我一样，或和我有任何关联的生物。我是什么？这问题再次浮上心头，而我只能报以呻吟。

“我很快就会解释这些感受导致了何种后果，但先让我回头谈谈那一家人。他们的故事激起我气愤、喜悦与惊叹等种种感受，但最后都只是让我更加敬爱我的保护者（我在一种无知、有点痛苦的自欺心态下，就爱这么称呼他们）。”

14

“一段时间之后，我才得知我朋友的过去。他们的故事透露了一些状况，对我这样从未见过世面的人而言，不能再精彩有趣，深印我脑中。

“老人的名字叫德拉席。他出生在法国的好人家，在那地方过了多年富裕的生活，受权贵尊敬，受同辈喜爱。他儿子接受教育以为国服务，艾嘉莎则跻身名媛仕女之列。我到达的几个月前，他们仍住在一个叫作巴黎的繁华大城，置身朋友之间，享受着所有美德、智识或品位以及不少的财富所能带来的快乐。

“他们家没落是莎菲的父亲所致。他是名土耳其商人，在巴黎住了许多年，因为某种我无法得知的原因惹怒了政府。莎菲从君士坦丁堡到巴黎与他相会的那一天，他刚好被捕入狱。他受审之后被判死刑。对他的判刑不公令人诟病，全巴黎都义愤填膺；据判断，他被判刑的主因并非他被指控犯下的罪行，而是他的信仰与财富。

“费利克斯偶然出席旁听审判，他听见法庭的判决时，错愕气愤得无法自制。他当时郑重发誓要救出莎菲之父，于是开始寻求办法。经过多次的尝试，他仍然无法获准入监探视，但他发现监狱大楼无人看守之处有一扇牢固的栅窗，那位不幸的伊斯兰教徒正是被关在那儿的地牢内。他身上戴着枷锁，绝望地等待执行残忍的判决。费利克斯在夜里去了那扇栅窗旁，让囚犯知道他愿意帮助他。土耳其人又惊又喜，致力点燃救星的热情，保证将给予财富与报偿。费利克斯不屑地拒绝了他的提议，然而当他看见获准探视她父亲并且以手势表示强烈感激的美莉萨菲时，不禁觉得这位囚犯确实拥有一项宝藏，足以报答他所付出的辛劳与承担的危险。

“土耳其人很快发现他女儿在费利克斯的心里留下何种印象，于是承诺只要他到达安全的地方，就将女儿嫁给他，借此让年轻人能够更努力于将他救出大牢。费利克斯太过高尚，不肯接受这个提议，但仍期待有机会得到幸福。

“接下来的日子里，费利克斯一面为商人逃亡做准备，同时，美丽女孩寄给他的几封信，也鼓舞了他的热心。女孩的父亲有个仆人懂得法文，而女孩借由这位老人的帮助，向她的爱人传达自己的想法。她以最热情的言语感谢他试图帮助她父亲，同时稍稍感叹了自己的命运。

“我有这些信件的副本，因为住在棚舍期间，我取得了书写的工具，而那些信件经常在费利克斯或艾嘉莎手中。在我离开之前，我会把信交给你，那些信能证实我的故事确有其事；但现在太阳早已西沉，我只有时间重述其中的重点。

“莎菲说她母亲是笃信基督教的阿拉伯人，被土耳其人抓去当奴隶；她出众的美貌赢得了莎菲父亲的心，于是他娶了她。年轻女孩对她母亲赞誉不绝。她母亲生于自由，对此时所受的束缚甚为反感。她让女儿认识了基督教的信条，教她追求较高的知识水平，以及穆罕默德的女信徒不得拥有的独立精神。这位夫人过世了，但她的教导深印在莎菲心中，无法抹灭。而想到重回亚洲，被居禁在闺房之中，只能从事与她灵魂脾性相违的幼稚消遣，莎菲就心生厌恶；她的心性已经习于远大的思想以及对美德的高尚追求。她期望嫁给基督徒，待在女性能享有社会地位的国家。

“土耳其人行刑的日子定了，但前一晚他逃出监狱，天亮前就来到巴黎的数里格之外。费利克斯以他父亲、妹妹和他本人的名义取得了通行证。他事前已经把他的计划告知了父亲，他帮忙掩饰，假借旅行离开家中，带着女儿藏身在巴黎的偏僻地区。

“费利克斯带着逃亡者从巴黎逃到了里昂，越过塞尼峰，来到来亨港，而商人决定在那里等待进入土耳其领土的理想时机。

“莎菲决定陪着父亲直到他离开；在那之前，土耳其人再次保证她将和他的救星结合，而费利克斯也陪着他们，期待着美梦成真。在此同时，费利克斯享受着阿拉伯女孩的陪伴，女孩对他抱着最单纯而温柔的爱慕。他们借由一位翻译交谈，有时则是透过目光交流，而莎菲以歌声唱出她祖国的优美曲调。

“土耳其人允许他们之间亲密的交流，并且鼓励这对年轻爱侣拥抱希望，然而他却心怀截然不同的计划。他厌恶女儿和基督徒结合，但他担心如果他表现冷淡，费利克斯会憎恨他，他知道自己的命运仍掌握在他救星手上，因为他可能会选择背叛他，将他交给他们所在的意大利当局。他盘算着种种计划以继续欺瞒费利克斯，直到没这个必要时，再悄悄带女儿离开。而巴黎传来的消息帮了他一个大忙。

“法国政府发现他们的受害者逃脱，大为震怒，致力找出搭救他的人，加以严惩。费利克斯的计谋很快曝了光，德拉席和艾嘉莎锒铛入狱。消息传到费利克斯耳中，让他从幸福的梦境中清醒过来。他年事已高的盲眼父亲与他乖巧的妹妹被关在臭气冲天的地牢里，他则享受着自由的空气和爱人的陪伴。这念头深深折磨着他。他迅速与土耳其人做好安排，如果费利克斯回到意大利之前，土耳其人发现有理想的逃脱机会，那么莎菲将寄宿在来亨港的一间修道院中；安排妥当之后，他与美丽的阿拉伯女孩道别，赶紧返回巴黎，接受法律的制裁，希望借此让德拉席和艾嘉莎重获自由。

“但他失败了。他们继续被关了五个月才受审，判决是财产充公，而他们被放逐，永远不得踏上祖国的土地。

“他们来到德国，凄凉地栖身在一间农舍，也就是我发现他们的地方。费利克斯不久便得知，狡诈的土耳其人一听说他的恩人失去了财富与地位——他和他的家人因为他受到骇人听闻的迫害——就背信弃义带着女儿离开意大利，还施舍似的送了微薄的金钱给费利克斯，说是为了帮助他未来的生计。

“费利克斯的心正是受到这些事折磨，所以我第一次见到他时，他是家中最悲惨的一员。他并非耐不住贫穷，而尽管他因为自己的美德而遭遇如此的困境，他依旧感到自豪；但土耳其人不知感恩，他又失去了心爱的莎菲，这双重打击更是严酷，难以弥补。此刻阿拉伯女孩现身，让他的灵魂重获新生。

“话说费利克斯被剥夺财产与地位的消息传到来亨港时，商人命令女儿准备返回祖国，别再想起她的爱人。莎菲生性仁厚，听了这命令便义愤填膺，她试图和她父亲讲理，但他重复专横的命令，怒气腾腾地离开。

“数日后，土耳其人来到女孩的住处，匆忙告诉她，他有理由相信他在来亨港的住处曝光，他即将被交回法国政府手中；因此他雇了一艘船载他前去君士坦丁堡，将在几小时后启程。而他大部分的财产尚未送达来亨港，他打算将女儿交给一位可靠的仆人照顾，待她方便时再带着他的财产跟去。

“莎菲独处时，在心中决定了她在这紧急状况中将执行的计划。她厌恶土耳其；宗教和感情的因素让她不想住在那里。她父亲的一些文件落入她手中，她得知爱人遭到放逐，并且知道了他落脚的地方。她犹豫了些时日，最后仍下定决心，带着自己的一些珠宝、钱财，雇了一名会说土耳其语的来亨港女孩当仆人，一同离开意大利，前往德国。

“她安然抵达距离德拉席农舍约二十里格的小镇，这时她的女仆生了重病。莎菲全心全意照料她，但可怜的女孩死了，留下阿拉伯女孩孤零零一人，她不会该国语言，对这世界的风俗一无所知。幸亏她遇到好心人。那位意大利女仆提过她们的目的地，她过世后，留宿处的女人便设法帮助莎菲安全到达她爱人的农舍。”

15

“这就是我挚爱的那家人的过去。我深受感动。我从这个故事所得到的社会生活观点，学到敬仰他们的美德，并且鄙视人类的恶行。

“在那之前，我将犯罪视为遥不可及的邪恶，我面前只看得到仁慈与宽厚，我心中因此兴起一股渴望，想在发挥展现出种种受人钦佩特质的忙碌场景中演上一角。但要说到我智性的进展，就不能遗漏同年八月初发生的事。

“一晚，我按照惯例前往附近的林子采集自己的食物，捡拾柴火给我的保护者。我在林地上发现一只旅行用皮箱，里面装着几件衣服和几本书。我热切地将这个战利品据为己有，带回我的棚舍。幸好书是用我在农舍学过的语言所写，其中有《失乐园》[1]、一册普鲁塔克的《希腊罗马英豪列传》[2]，还有《少年维

1 《失乐园》为英国诗人约翰·弥尔顿出版于1667年的史诗，以《旧约·圣经》为基础，描述亚当、夏娃在撒旦诱惑下吃了智慧之果，被逐出伊甸园的故事。书中对神、堕落天使撒旦、被创造的人类，创造者、创造物之间的关系多有着墨。

2 《希腊罗马英豪列传》（*The Lives of the Noble Grecians and Romans*），罗马时代的希腊作家普鲁塔克（Plutarch，46—120）之作，又称为《比较列传》（*Parallel Lives*），将

特的烦恼》[1]。得到这些宝藏，我欣喜若狂。我朋友忙着日常琐事时，我就持续研读这些书，以这些故事磨炼我的心智。

“这些书对我的影响实在难以用言语形容。我心中产生无数的新影像、新感受，有时令我狂喜，但通常让我沮丧透顶。在《少年维特的烦恼》里，除了简单的感人故事外，还涵括了许多见解，让我得以重新审视从前难以理解的问题，并且从中获得源源不绝的惊奇与思考素材。书中叙述了家庭温情与崇高的情操与感受，这当中呈现出发自内心的表现，符合我在保护者身上看到的情况与我心中永怀的渴望。但我想维特比我见过或想象中的人更崇高；他的人格没有半点虚假，但沉沦极深。书中对死亡与自杀的论述令我无比惊叹。我无意妄想探讨故事中的价值，但我倾向赞同主人翁的见解，我为他的死而哭泣，但不明所以。

“然而，我在阅读的过程中，将自己的感受和境况跟书中对照。我发觉我和书中的人、我倾听对话的人既相似，又奇妙地不同。我同情他们，也多少能了解他们，但我的心智并不成熟；我无人能依赖，无亲无故。‘我可能随时消逝’[2]，如果我从这世上消失，没人会为我哀悼。我的相貌恐怖，身材巨大。这是什么意思？我是谁？我是什么？我自何处来？又要往何处去？这些问题反复出现在我脑中，但我无法解答。

“我拥有的普鲁塔克《希腊罗马英豪列传》，说的是古老共

希腊、罗马的历史名人两两相比，主要目的不是记录历史，而是探讨性格对生命与命运的影响。

1 《少年维特的烦恼》（*The Sorrows of Young Werther*），德国作家歌德（Johann Wolfgang von Goethe，1749—1832）描述多愁善感的青年在单恋的心上人结婚后心灰意冷自杀的故事。

2 见第十章珀西·雪莱的诗，原句为“这些情感可能随时消逝”。

和国最初创立者的故事。这本书和《少年维特的烦恼》对我有截然不同的影响。我从维特的想法中体会到消沉和忧郁，但普鲁塔克教了我高远的思想。他让我得以跳脱对自身悲惨处境的沉思，提升至仰慕敬爱过去年代的英雄。我读过的许多作品都超出我的理解与经验。我对王国、辽阔土地、宏伟河流，以及无垠大海的概念混乱，而我完全不熟悉城镇和大量群聚的人类。保护者的农舍是我研究人性的唯一学校，但这本书呈现出更宏大的场面。我读到那些参与公众事务、治理或屠杀他们同类的人。我对书中用语的了解有限，不过我按个人好恶感受书中的内容，感到心中燃起对美德的强烈渴望、对罪恶的厌恶。这些感受当然使得我更崇拜那些爱好和平的立法者，比如努马、梭伦和莱克格斯，而较不喜爱罗穆路斯和忒修斯。我保护者的可敬人生，在我心中留下这样的深刻印象；或许，如果最初带我认识人性的是渴望荣耀与杀戮的年轻士兵，我应该会有不同的感受。

“然而，《失乐园》却激起我截然不同且远远更加深刻的情绪。我像阅读其他落入我手中的书籍一样，把这本书中的内容当作确实发生过的事来阅读。书中描述全能上帝和其创造物对抗的场面，完全激起我内心的惊叹与敬畏。我时常将某些情况与我的状况互相参照，因为两者间的相似度实在令我惊诧。我像亚当一样，似乎和宇宙中任何生物都没有关联，但除此之外，他的状况和我天差地远。他是出自上帝之手的完美生物，快乐且顺遂，受到他的造物主悉心保护；他得以和更崇高的存在交流而得到知识，我却悲惨无助、孤独一人。我时常觉得自身的处境就有如撒旦，因为我常常和他一样，看着我的保护者享受幸福，心里却涌起嫉妒的怨恨。

“另一件事强化印证了这些感受。我到达棚舍后不久，就在我从你实验室取走的衣物口袋里发现一些文件。我起初没放在心上，但既然我已能解读信件的文字，便开始用心研读。那是你创造我之前那四个月的日志。你在这些文件中巨细靡遗地描述了你工作中采取的每个步骤，这份记录中还掺杂了一些家庭事件。你肯定还记得这些文件。文件就在这里。其中记录了与我不幸出身有关的事，也能读到创作过程中一连串恶心的细节；你对于我令人厌恶作呕的外表所做的仔细描述，表达了你内心的恐惧，也让我永远无法忘怀自己的恐惧。我阅读时心里厌恶至极。‘我恨死了我得到生命的那天！’我痛苦地大喊。‘可恶的创造者！你为什么要做出连你自己都厌恶背弃的可怕怪物？上帝怀抱慈悲，将人按照他的形象创造得美丽迷人，但我却得到难看的人类外貌，甚至因为与你们有相似之处而更显骇人。撒旦尚且受到恶魔同伴的崇拜与鼓舞，我却孤孤单单，受人憎恨。’

“这是我寂寞沮丧时的想法，但我思索着农舍居民的美德、他们亲切和善的气质，我说服自己，当他们得知我景仰他们的美德，他们会怜悯我，不在意我畸形的外表。我虽然丑陋无比，但他们难道会拒绝来到他们门前，请求他们施舍同情与友谊的人吗？最后我决定不再沮丧，而是努力做好和他们见面的准备，而这次见面将决定我的命运。我将这项尝试延后了数个月才进行，因为成功对我而言至关重要，使我害怕会失败。此外，我发现我的理解力随着日常经验大幅提升，我宁愿多花几个月的时间增加智识，再着手进行这项尝试。

“与此同时，农舍里发生了一些变化。莎菲让农舍的居民沉浸在幸福中，我也发现他们的生活变得较为富足。费利克斯和艾嘉莎有较多的时间交谈、休闲，他们的杂务则由几个仆人协助。他们看来并不富有，但他们满足而快乐；他们的心情安详平静，我的心情则日益浮躁。我知道得越来越多，却只是更明白自己是遭世人遗弃的悲惨之徒。我虽然怀抱希望，但我在水中看到我的倒影，或在月光下看到我的影子，即使倒影模糊，影子时有时无，我的信心仍然烟消云散。

“我决定在几个月后面对考验，而我努力打破这些恐惧，鼓舞自己。有时我允许自己的思绪超脱理性，在天堂的原野游荡，大胆想象友善美丽的生物同情我的感受，让我从忧愁中振作；他们天使般的面容充满安慰的微笑。但这一切尽是空想，没有夏娃抚平我的悲伤，或分享我的想法，我孤孤单单。我记起亚当向他的创造者所做的恳求。但我的创造者呢？他抛弃了我，而我怀着怨怼的心诅咒他。

“秋天就这么过去了。我难过惊叹地发现叶子干枯落下，自然再次重回我最初看见林子与迷人月亮时的贫瘠与荒凉。我浑然不觉天气变得萧索；比起炙热，我的身体构造让我更能忍受寒冷。但我大部分的喜悦来自于花朵、飞鸟和夏日一切愉快的景物；这些事物弃我而去，于是我把更多的注意放在农舍居民身上。夏天离去，但他们快乐不减。他们深爱彼此，对此彼关怀体恤；他们因彼此而喜悦，并未因为身边发生的灾难而受阻挠。我越看他们，越渴望得到他们的保护与仁慈；我衷心渴望那些亲切的人们认识我、喜爱我；我最大的野心，就是看到他们情感洋溢地用温柔的目光望向我。我不敢想象他们会轻蔑恐惧地拒绝我。他们从不赶走来到他们门口的穷人。虽然我要求的是比些许食物或栖身之处更为珍贵之物——我要的是慈悲与同情，但我不认为我完全没资格受到善待。

“冬日降临，自我睁眼来到世上之后，四季已经完整轮替了一次。这时我的注意力完全放在进入我保护者农舍的计划上。我脑中思忖着许多计划，但最后决定在盲眼老人独处的时候进入他们的住所。至少我还够机灵，知道我的面貌异常骇人，而先前看到我的人之所以恐惧，主要就是这个原因。我的声音虽然粗哑，但一点也不可怕；因此我心想，如果我能在老德拉席的子女不在的时候，赢得他的善意和仲裁，我或许能经由他获得我年轻保护者的包容。

“一天，太阳照耀着满地红叶，虽然缺乏暖意，却散播了喜悦。莎菲、艾嘉莎和费利克斯出门去乡间散步，他们顺着老人的意，让他独自留在农舍。他的孩子离开之后，他拿出吉他，弹奏了几首悲伤但优美的曲调，比我从前听过的更甚。起初他的神情散发愉快的光彩，但他继续弹奏，却变得哀伤而若有所思；最后他放下乐器，陷入沉思。

“我的心跳个不停。这正是考验的时刻，将确认我的希望，或实现我的恐惧。仆人都去了附近的一个市集，农舍内外俱寂，这机会再完美不过了。当我准备进行我的计划时，我却四肢一软，瘫到地上。我又爬起，尽可能坚定意志，挪开我放在棚舍前挡住藏身处的木板。清新的空气让我精神一振，我以崭新的决心走向他们农舍门口。

“我敲了门。‘是谁啊？’老人说，‘请进。’

“我走进去，说道：‘抱歉打扰。我是个旅人，需要稍事休息。烦请让我在火旁待几分钟，感激不尽。’

“‘请进，’德拉席说，‘我会设法满足你的需要；不过我

的孩子们不在家，而我瞎了眼，恐怕不方便拿食物招待你。’

“‘好心的主人，不用麻烦。我不缺食物，我需要的是温暖和休息。’

“我坐了下来，接着是一段沉默。我知道每分每秒都很宝贵，但我仍不确定该如何开启对话，这时老人对我说话了。‘陌生人，由你讲的语言判断，你应该是我的同胞，你是法国人吗？’

“‘不是，不过我受教于一个法国家庭，而我只懂这个语言。我打算请求某些朋友保护，我诚心敬爱他们，希望得到他们的帮助。’

“‘他们是德国人吗？’

“‘不是，他们是法国人。不过我们换个话题吧。我生来不幸，受到遗弃，我环顾身边，在世上无亲无故。我打算投靠的好心人从没见过我，几乎对我一无所知。我满怀恐惧，如果我失败了，我在这个世界将永远无家可归。’

“‘别灰心。没有朋友的确不幸，但如果没有任何明显的私利让人心产生偏见，人心应该充满慈悲与友爱，因此别放弃希望。如果你的这些朋友确实善良亲切，就别灰心。’

“‘他们很仁慈——他们是世上最好的人，但很不幸，他们对我有偏见。我的性情善良，生来不曾伤害任何人，并且也算慈善；但他们的双眼被严重的偏见蒙蔽，他们本该看到一个富有同情而和善的朋友，却只看到令人厌恶的怪物。’

“‘听起来的确不幸，但如果你真的清清白白，你不能让他们明白真相吗？’

“‘我正打算冒这个险，因此我才如此恐惧。我深爱这些朋友，许多个月来，我每日习惯为他们做点善事，但他们不知情，

觉得我想伤害他们，而我想克服的正是那样的偏见。’

“‘你的这些朋友住在哪儿？’

“‘就在这附近。’

“老人停顿一下，继续说：‘如果你愿意毫不保留地将你的故事详细告诉我，我或许能帮上忙，让他们明白真相。我看不见，无法由你的面容做出判断，但你的话不知为何说服了我，让我相信你真心诚意。我遭到放逐，生活穷苦，但如果有任何地方能帮助他人，我乐意之至。’

“‘您真善良！谢谢您，我接受您慷慨的好意。您的善意让我从屈辱中振作，相信有了您的帮助，我将不会被驱离您同胞的社会，无法得到同情。’

“‘千万别这么说！即使你过去是罪犯，那样也只会逼得你走投无路，无法激起你的美德。我也是不幸的人，我和家人虽然无辜却被判了罪，所以你可以判断我是否能够对你不幸的遭遇感同身受。’

“‘我该怎么感谢您，我最慈悲的唯一恩人！从您口中，我第一次听见有人对我说温柔的话，我将永远感激在心。而您此刻的慈悲让我相信，我也将能够赢得我即将见面的朋友的好感。’

“‘能告诉我那些朋友的名字，家住何方吗？’

“我顿了一下，心想，这是决定性的一刻，将让我一无所有或从此幸福快乐。我挣扎着希望振作起来回答他，却耗尽了我残存的力气。我深深陷进椅子里，放声啜泣。就在这时，我听见我年轻保护者的脚步声。刻不容缓，我抓住老人的手，喊道：‘就是现在！救救我，保护我！您和您的家人就是我要找的朋友。别在考验的时刻抛弃我！’

“‘老天爷！’老人惊呼道，‘你到底是谁？’

“说时迟那时快，农舍的门开了，费利克斯、莎菲和艾嘉莎走了进来。谁能描述他们看见我时的恐惧与惊骇？艾嘉莎昏了过去，而莎菲不顾她的朋友，夺门而出。这时我的手攀在老人膝上，费利克斯冲上前，以不可思议的力量将我扯离他父亲，他怒不可遏，将我摔倒在地，用木棍猛打。我大可以像狮子撕碎羚羊一般扯断他的四肢，但苦痛的感受让我的心为之一沉，克制住冲动。眼看他又要举棍挥下，我不胜疼痛与苦楚跑出农舍，在一片混乱中悄悄逃进棚舍。”

16

“该死可恨的创造者！我为什么活着？我为什么没在当下捻熄你胡乱点燃的生命火花？我不知道。我还没陷入绝望，我感受到的是愤怒与复仇的欲望。我大可以毁掉农舍，杀了里面的居民，沉溺在他们的尖叫与悲惨之中。

“夜晚降临，我离开藏身处，漫步走进林子。我不再担心被发现，以骇人的怒吼发泄痛苦。我像挣脱陷阱的野兽，破坏挡在我面前的东西，像公鹿似的飞快跑过林子。噢，我度过了凄凉无比的一夜！冰冷的星光嘲笑地闪烁，光秃的树木在我头上摇曳着枝条，万籁俱寂中不时响起悦耳的鸟鸣。除了我，万物都在歇息或沉浸于喜悦；而我宛如魔王，内心有个地狱，感到自己不得同情，我想扯裂树木，在我四周大肆破坏摧残，然后坐下享受那片废墟。

“但这感觉对我而言过于奢侈，无法持久。我力气耗竭而疲累，瘫坐在潮湿的野草上，绝望而无力。在无数的人类中，没有任何人能可怜我、帮助我，我该对我的敌人仁慈吗？不，从那一刻起，我向这个族类宣战，至死方休，特别是造出我、让我悲惨不堪的那个人。

“太阳升起。我听见人声，知道那天不可能回到藏身处。于是我藏在某片浓密的林子里，决定在接下来的时间思索我的处境。

“宜人的阳光和白天清新的空气让我稍微恢复平静。我思考农舍里发生的事时，忍不住认为是我太快下结论。我的行动确实太轻率。我的谈话显然让做父亲的对我产生了兴趣，而我露出面貌吓到他的孩子实在愚蠢。我应该让老德拉席熟悉我，等到他其余的家人有心理准备，再逐渐向他们揭露自己。我不认为我犯的错不可弥补，反复思量之后，我决定回农舍找老人，向他辩解，将他拉拢到我的阵容。

“这些念头让我冷静下来，我也在下午沉沉睡去，但我血液里的狂热不让我梦见宁静的梦境。前一天可怕的场景在我眼前挥之不去——女性们逃离，盛怒的费利克斯将我从他父亲脚上拉开。我精疲力竭地醒来，发现天色已黑，于是我从藏身之处溜出来觅食。

“果腹之后，我走向通往农舍的熟悉小径。那里四下平静，我钻进棚舍，安静等待这家人往常醒来的时刻。那时刻过了，太阳高挂天上，但农舍居民没出现。我浑身剧烈颤抖，担心发生某种恐怖的不幸。农舍里一片黑暗，没听到动静，我无法形容悬着一颗心多么痛苦。

“不久，两个乡下人经过，停在农舍附近开始交谈，激动地比手画脚，但我不懂他们说什么，因为他们说的是那个国家的语言，和我保护者所说的语言不同。不过片刻之后，费利克斯和另一个男人走了过来。我知道那天早上他没离开农舍，因此很意外，急着由他的谈话得知这些不寻常状况背后的意义。

“他的同伴说：‘你想过吗？你付了三个月的押金，却将失去你园子里的农作？我不想占任何便宜，希望你能多考虑几天再下决定。’

“‘不用了，’费利克斯说，‘我们再也不能住在你的农舍里。家父的性命正深受威胁，那骇人的情况我已解释过。我的妻子和妹妹再也无法从惊吓中恢复。请你别再劝我了，收回你的屋子，让我逃离这个地方吧。’

“费利克斯说这些话时浑身颤抖。他和他的同伴走进农舍待了几分钟就离开了。此后我再也没见过德拉席一家人。

“那天剩余的时间里，我继续待在棚舍，愚蠢而彻底地绝望了。我的保护者离开了，切断了我和世界唯一的联系。我的胸中第一次充满愤恨与报复的欲望，我没努力克制，而是让自己随心所欲，一心想造成伤害和死亡。我想起我的朋友，想起德拉席温和的嗓音，艾嘉莎温柔的双眸，阿拉伯女孩超凡的美丽，于是那些念头就消失了，涌出的泪水不知为何安慰了我。但我再度想着他们拒绝我、抛弃我，于是重新燃起熊熊怒火。我无法伤害任何人，于是迁怒了无生命的物体。夜晚流逝，我在农舍周围放了各种可燃物，毁掉园子里的所有蔬菜，然后耐着性子，等待月亮落下再展开行动。

“夜晚逐渐消逝，林子里吹来一阵强风，一下就吹散了在天上徘徊的云朵；强风像剧烈的雪崩一样袭卷而过，让我陷入疯狂状态，挣脱了所有理性与内省的束缚。我引燃枯枝，狂怒地绕着心爱的农舍起舞，不过我的目光紧盯着西方的地平线，月亮即将碰到地平线的边缘。最后，部分的月轮终于沉落，于是我挥动树枝；燃烧的枯枝落下，我放声尖叫，点燃我收集的干草、石南、灌木。风助长了火势，农舍随即陷入火中，烈焰紧攀着农舍，以分叉而暴力的火舌舔舐农舍。

“我确定没有人能抢救农舍任何一部分之后才离开现场，在林子里寻找栖身处。

“现在，世界在我眼前，我该往哪里去？我决定远离我遭遇不幸之地；但我受人类厌恶鄙视，对我而言任何国家都一样可怕。最后我想起了你。我从你的文件中得知你是我的父亲、我的创造者；你赋予我生命，还有谁更适合让我寻求帮助？费利克斯为莎菲上的课也包括地理；我由其中学到世上各国的相对位置，你提到你出生的城镇是日内瓦，于是我决定前往此地。

“但我该如何知道正确的方向？我知道必须往西南方才能到达目的地，但我只能借由太阳指引方向。我不知道我要经过的城镇名称，也不能向任何人询问信息，但我未曾灰心。我只能向你求援，然而我对你除了怨恨，没有别的情感。残酷无情的创造者啊！你赋予我感受与热情，却将我赶出去，让我成为人类蔑视、恐惧的对象。可是我只能向你寻求同情和补偿，其他任何披着人类躯壳的生命都无法让我得到公道，而我决定向你乞求。

“我的旅途漫长，费尽千辛万苦。我离开居住的地区时，已是晚秋。我担心遇到人类，因此只在晚上行进。大地在我周围凋零，太阳失去了热度，雨雪倾落，连大河也结冻，大地坚硬冰冷而光秃，我找不到地方栖身。噢，大地啊！我经常咒骂我为什么存在！我温和的天性已完全消失，内心只剩怨恨与悲痛。我越接近你的住处，越感到心中激起复仇之意。白雪落下，水冻结了，我仍不停歇。偶发的事件引导着我，而我还拥有这个国家的地图，但我时常偏离我的路径甚远。痛苦的感受不允许我做片刻喘息，任何事情都能为我的愤怒与悲惨火上添油。不过我到达瑞士国境的时候发生了一件事，当时阳光恢复了暖意，大地再次开始展现青翠，反倒凸显了我凄惨恐惧的感觉。

“我通常在白昼休息，只在有夜色掩护，避开所有人视线的情况下才踏上旅途。不过一天早上，我发现我即将穿过一片密林，于是在太阳升起之后冒险继续前进。那天仍属早春时节，阳光宜人，空气清新，连我都为之振奋。我感到逝去已久的安详喜悦在我心中复苏。这些新奇的感觉令我有些惊讶，我浸淫其中，忘了自己孤单畸形，并且敢于快乐了。温柔的泪水再次沾湿了我的脸颊，我甚至感激地抬起湿润的双眼，望向神圣的太阳，感谢它赋予我那样的喜悦。

“我继续沿着蜿蜒的林中小径走着，最后来到林子边，那里有条河流环绕，水深湍急，许多树木向河中垂下枝条，刚来临的春天让树枝吐出新芽。我在这里停了下来，不大确定接下来要走哪条路，这时我听见人声，于是匆忙藏进一株柏木下。我才躲起来，就有个小女孩笑着跑向我躲藏的位置，好像在跟谁玩捉迷藏。她沿着陡峭的河岸跑过，突然脚一滑，落入滚滚河水中。我从藏身处冲出来，奋力对抗水流救了她，将她拖上岸。她失去知觉，我用尽办法恢复她的生气，却突然被靠近的乡下人打断，那人大概就是跟她玩捉迷藏的人。那人看到我，就朝我冲来，夺走我怀中的女孩，加快脚步逃向林子更深处。我迅速跟上，但不大明白我为什么追去。男人看我靠近，就举起他随身带的枪，瞄准我身上开枪。我倒在地上，伤了我的人则加快脚步逃进林中。

“我的善意居然得到这样的回报！我救了一条人命，得到的回报却是苦不堪言的剧痛，伤口皮开肉绽，深可见骨。片刻前慈悲安详的感觉烟消云散，取而代之的是雷霆大怒、咬牙切齿。痛楚令我激愤，我发誓将对所有人类永怀恨意与复仇之心。但我受不了伤口的痛楚，我的脉搏停顿，我昏了过去。

“之后的几个星期中，我在林子里过着悲惨的日子，设法治疗我受的伤。子弹打进我肩膀，我不知道子弹是留在那里还是穿透了，总之我也没办法取出子弹。他们的作为有失公平，而且不知感恩，加深了我的煎熬。我天天发誓复仇——深沉而致命的复仇，此仇一报，将能弥补我的愤慨和痛苦。

“几个星期后，我的伤口愈合了，我继续旅程。明媚的春阳与和煦的春风不再能纾解我的辛劳；喜悦不再，只剩下对我凄凉处境的嘲讽，想到我生来与快乐无缘，我更加痛苦。

“但我的困境即将结束，两个月后，我到达日内瓦近郊。

“我在傍晚时分到达，我躲到周围的田野间，思考我该以何种方式与你见面。我迫于疲惫与饥饿，忧郁得无法享受夜晚温和的微风，或太阳落到宏伟侏罗山后的美景。

“此时，片刻的小憩暂时缓和了深思的痛苦，但一个漂亮的孩子靠近，惊醒了我。他带着童稚的玩心，跑进我找到的隐蔽处。我注视他时，突然发现这个小生命毫无偏见，他来到人世的时间还太短，还未对畸形产生恐惧。因此，如果我能抓住他，将他培育为我的同伴和朋友，我在人间将不再那么孤寂。

“男孩经过时，我冲动地抓住他，将他拉向我。他一看到我的外表就捂着眼尖声惊叫。我硬把他的手从他脸上拉开，说道，‘孩子，这是什么意思？我不会伤害你，听我说。’

“他激烈地挣扎。‘放开我，’他叫道，‘怪物！丑八怪！你想吃了我，把我扯成碎片。你是食人魔。放开我，不然我就告

诉爸爸。'

"'孩子，你再也见不到你爸爸了，你得跟我走。'

"'恐怖的怪物，放我走！我爸爸是地方官——他是弗兰肯斯坦先生。他会处罚你。你才不敢关住我。'

"'弗兰肯斯坦！所以你也是我的敌人——我誓言复仇到底的人正是他，你将成为我的第一个受害者。'

"孩子仍在挣扎，不停用难听的言语咒骂我，令我心生绝望。我抓住他的喉咙想让他闭嘴，不久他就倒在我脚边死去。

"我注视着我的受害者，心中充满狂喜与残酷的得意。我拍手叫道：'我也创造了孤寂。我的敌人并非所向无敌，这孩子的死将令他绝望，还有其他无数的不幸将折磨毁灭他。'

"我凝视着孩子，发现他胸前有东西闪闪发亮。我拿起那东西，是个美丽绝伦的女子画像。我虽然心怀恶意，那画像却吸引着我，让我软化。片刻中，我欣喜地注视着她垂着长睫毛的黑眼睛和她迷人的双唇，但我的怒意随即重现。我记起我永远无法得到那样美丽人物可以赋予我的喜悦，而我凝视着的这个女子若看到我，她的神情将从祥和脱俗转为厌恶与惊恐。

"那样的念头让我转为愤怒，难道奇怪吗？我只纳闷在那一刻，我居然只是以呼喊来发泄情绪，却没冲到人类之中，企图与他们同归于尽。

"这些情感令我无法招架，于是我离开了杀人的地点，寻找更偏僻的藏身处，来到一座看似无人的谷仓，发现谷仓里有名女子睡在干草上。她很年轻，美貌其实不如那张画像上的女人，却让人觉得亲切，散发着年轻健康的气息。我心想，她就像那些美丽女子，她们拥有令人喜悦的微笑，但那微笑只会落在我之外的其他人身上。然后我靠向她，低语道：‘美人儿，醒来吧，你的爱人要来了——他愿意献出生命，只换得你深情的一瞥。亲爱的，醒来吧！’

“她动了一下，一股恐惧的战栗传过我全身，如果她真的醒来，看到我、咒骂我，举发我是杀人犯呢？如果她睁开眼睛看到我，想必会有这样的反应。这个疯狂的念头，唤醒了我心中的恶魔——该受折磨的不是我，而是她。我犯下的凶案，是因为我永远无法得到她能赋予我的一切，因此她应该付出代价。罪行起因于她，就让惩罚也落在她身上吧！多亏了费利克斯的教育和人类嗜血的法律，我此时学会了诡计。我俯身把画像妥当地放进她的一道裙褶里。她又动了，接着我逃离了那里。

“我在那些事发生的地点附近徘徊了几天，有时希望见到你，有时决定永远离开这个世界和世上的不幸。最后我游荡到山峦间，信步穿过壮阔的山坳中，心中充满只有你能满足的深切热望。在你答应达成我的要求之前，我不会放你离开。我孤单悲惨，不会有人愿意与我来往，但和我一样畸形恐怖的女人就不会拒绝我了。我的伴侣必须跟我同类，有同样的缺陷。你必须创造出一个这样的生命。”

17

那生物说完，目光紧盯着我，期待我回答。但我错愕困惑，思绪混乱，而且无法整理思绪以完整理解他提出的要求。他继续说："你必须为我创造一个女性，让我有可以互相关怀体谅的对象，而这是生存的必需。只有你能满足我的需要，而这是我的权利，你不该拒绝。"

听他叙述与农舍一家人的平静生活时，我的愤怒本来消散了，但他故事的后半部分重新引燃我心中的怒气，他最后说的这些话让我再也无法压抑心中的熊熊怒火。

"我拒绝，"我答道，"就算受到再大的折磨，也无法逼我同意。你或许能让我成为最悲惨的人，但你绝对无法让我成为自己都觉得卑鄙的人。我怎能创造另一个像你的东西，你们若一同作恶，可能会让这世界陷入荒芜。给我滚！我已经回答你了。就算你折磨我，我也不会答应。"

"你错了，"那个魔鬼说，"我不会威胁你，我很乐意和你讲理。我心怀恶意是因为我处境悲惨。难道所有人类不是痛恨我，对我避之唯恐不及？而你，我的创造者，想将我碎尸万段而得到胜利；既然如此，不同情我的人，我何必同情？如果你将我推进冰缝，毁了由你双手做出的这副身躯，你会说那是谋杀吗？当一个人鄙视我的时候，我该尊敬他吗？若人们愿意和我生活在一起，互相善待，我便不会伤害他们，而是为他们做尽一切，并且因为他们肯接受我而流下感激的泪。但那是不可能的，人类的意识对我们的共存而言是无法跨越的障碍。但我不会屈于受奴役的卑下状态，我会为我受的伤害报仇。如果我不能激起关爱之心，我就制造恐惧，而且主要的对象就是我的大敌——你，因为，我的创造者，我的确发誓对你永怀怨恨。当心了，我会致力于毁灭你，直到我让你的心陷入寂苦，让你后悔生到这世上。”

他说这些话时，一股残酷的怒火让他激动起来。他的面孔扭曲，恐怖得让人不忍直视，但他随即平静下来继续说：“我原本是要跟你说理。激动对我无益，因为你并未想到让我过于激动的就是你。如果有人对我抱着慈悲的情感，我将数百倍回报；光是为了那个人，我就愿意和全人类和好，但这只是沉溺于不可能实现的幸福幻想。我的请求合理，并不过分——我希望得到另一个同类，她的性别与我相异，但和我一样丑陋。这不过是非常微小的喜悦，却是我仅能够得到的，而我也会因此满足。我们虽然是怪物，孤立于世界，但因为如此，我们的关系会更紧密。我们的日子不会幸福，但却无害于人，也不会像我现在一样感到不幸。噢！我的创造者啊，让我快乐吧，让我感谢你施予的一个恩惠！让我看到自己能够引发某个生命的同情之心，别拒绝我的要求！”

我被感动了。想到我若应允可能造成的结果，我不寒而栗，但我觉得他的论点的确有些道理。他的故事和他这时表达的情感，证实他是拥有细腻感受的生命，而我身为他的创造者，因此亏欠他我有能力给予的幸福，不是吗？他见我的态度转变，于是继续说："如果你答应，你或其他任何人类永远不会再看到我；我会到辽阔蛮荒的南美洲。我吃的食物和人类不同，我不会杀死羔羊来满足口腹之欲，橡实和浆果便能给我足够的滋养。我的同伴将和我是同类，并且安于同样的生活方式。我们将以枯叶为床；太阳会像照耀着人类一样照耀在我们身上，让我们的食物成熟。我呈现给你的愿景祥和而充满人性，而你一定会觉得，只有滥用力量、肆意残酷的人，才会否决这样的愿景。你先前虽然对我无情，但现在我在你眼中看到了怜悯；让我把握这个机会，说服你答应我极度渴望的事。

我答道："你打算逃离人类居住的地方，住在只有野兽为伴的荒野中。你如此渴望人类的爱与同情，要怎么在这样的放逐中坚持下去？你会再回来，再次寻求他们的仁慈，却受他们嫌恶；你将再次燃起邪恶的暴怒，那时你就有个同伴帮助你毁灭人类。不能发生这种事。别再争论了，我不能答应你。"

"你真是喜怒无常！不过片刻之前，你听了我的陈述深受感动。你为什么再次硬起心肠，无视我的抗议？我以我居住的大地、以创造我的你向你发誓，我会带着你赐予我的伴侣，离开人类居住的区域，或许住到最蛮荒的地方。我将得到怜悯，所以邪恶的暴怒将烟消云散！我的日子将在平静中流逝，临死之时将不会诅咒我的创造者。"

他的话有种奇妙的影响。我同情他，有时甚至想安慰他，但我一看到他，目睹会动会说话的丑恶肉体，我就心生厌恶，产生恐惧憎恨的感受。我试着压抑这些感受；我觉得由于我无法同情他，我便无权拒绝他，不让他得到我有能力赋予的小小快乐。

“你发誓不伤人，”我说，“但你已经展现了某种程度的暴力，我不信任你也是理所当然，不是吗？这难道不也是一种伪装，借由施以更大的报复来获取更加辉煌的胜利？”

“怎么这样说？我不会被你戏弄，我要求得到答复。如果我无亲无故，没有所爱的对象，我一定会怀着恨意与恶意；对另一人的爱能让我不再有理由犯罪，从此任何人都不会意识到我的存在。我因为被迫接受我所厌恶的孤独才做出恶行，而我若能与同类生活、交流，绝对会展现出美德。我将能感受到另一个感性生命的情感，得以与过去始终与我隔绝的事物有所联结。”

我沉默片刻，思考他的话，以及他采取的各种论点。我想到他承诺展现他存在之初的美德，也想到之后他的保护者嫌恶鄙视他，摧毁了他的所有善意。我在心里盘算时，也没遗漏他的力量与威胁；他这样的生物能活在冰河的冰穴中，可以藏身于凡人无法到达的绝壁山脊，他的能耐无人能匹敌。沉默思考许久之后，我得到结论，我应该答应他的请求，这样对他和我的同胞才公平。于是我转身对他说：“我答应你的请求，但你必须郑重发誓，一旦我将陪伴你流亡异乡的女性交到你手中，你会永远离开欧洲以及任何人类居住的地区。”

“我发誓，”他喊道，“以太阳、湛蓝的苍穹和我心中炙热的爱之火发誓，如果你答应我的祈求，只要这些事物存在，你就不会再看到我。回家去，开始工作吧，我会满心焦急地注意你的进展。别担心，一旦你完工，我就会现身。”

说完，他突然转身离去，大概担心我随时会改变心意。我看着他以胜过老鹰飞行的速度下了山，迅速消失在一片起伏的冰海之中。

他的故事讲了一整天，他离开时，太阳即将落到地平线。我知道我应该尽速下山回村子里，因为周遭很快就会被黑暗笼罩，但我心情沉重，步履缓慢。踩稳脚步沿着山径蜿蜒前进的辛劳，令我烦扰，我同时也因为当天经历的事而沉浸在思绪中。我好不容易才来到中途的休息站，坐到泉水旁，这时夜已经深了。星光忽明忽灭，云朵从星星前飘过；色深的松树耸立在我面前，地上随处可见断裂的树木；那是一幕神奇庄严的景象，勾起我心中奇怪的念头。我恸哭着，痛苦地合掌，喊道："噢！星星、浮云和风，你们都要嘲笑我。如果你们真的可怜我，请夺去我的知觉和记忆，让我变成废人；否则就滚开，让我安安静静待在黑暗中。"

这念头荒谬可悲，但我无法形容星星永恒闪烁的光芒让我觉得多么沉重，而风的每一声呼啸都像一阵混沌猛烈的北非焚风，即将刮来吞噬我。

破晓后我才到达夏穆村。我一刻也没停歇，立刻返回日内瓦。就连我也无法形容自己的感受——那些感受如大山一般压着我，沉重的压力压垮了我的痛苦。我就这么回了家，进了家门，出现在家人面前。他们看到我憔悴狂乱的模样，担心不已，但我几乎一言不发，没回答任何问题。我感觉自己好似受到禁令束缚，好似无权得到他们同情，好像再也不能享受他们的陪伴。即使如此，我仍深爱着他们；为了拯救他们，我决定投入我最憎恶的工作。想到要做这样的工作，其他的现实状况在我眼前仿佛一场梦，对我而言，只有工作的念头显得真实。

18

我回到日内瓦之后的时光，一天天、一周周地过去了，我一直没勇气再次开始工作。我害怕失望的恶魔报复，但我对受托的工作充满反感，无法克服。我发现我必须花数个月的时间做深入而耗力的研究，才能制造出一个女性。我听说一位英国自然哲学家有了些发现，他的发现是我成功的关键，而我有时会考虑请父亲允许我为此造访英国，但我找尽借口拖延，一直逃避动工；我渐渐不再确信这是当务之急。

我身上发生了改变，之前不断恶化的健康状况，至此已经恢复不少；只要不想起先前在不情愿之下所做的承诺，我的心情就会大好。父亲看到我的改变非常欣喜，于是开始思考怎么做最能消除我残存的忧虑。郁闷的感觉不时浮现，以浓烈的黑暗笼罩正在接近的阳光。那样的时刻，我会逃避到最完全的孤寂中。我坐着小船在湖上独自度过整天，看着云，听着水波声，沉默且困怠。但清新的空气和明亮的阳光通常能让我恢复某种程度的冷静，我返家时，已经能以较为欣然的微笑和较为愉快的心，面对朋友们的问候。

某次我由这样的游荡返家，家父把我叫到一旁说话。

“亲爱的儿子，我很高兴发现你重拾了往日的喜悦，似乎恢复你原来的模样。但你依旧不开心，仍然不愿与我们为伴。我有段时间一直想不出原因，但昨天我猛然有个念头，如果这想法确实有根据，就请你承认。在这件事情上有所保留不只没意义，更会让我们陷入悲惨。”

他这番开场白让我剧烈颤抖。家父继续说：“儿子，我得承认我一直期待你和我们亲爱的伊丽莎白成婚，以确保我们家庭和乐，并成为我风烛残年的慰藉。你们早从年幼就彼此爱慕；你们一同学习，性情和品位似乎完全相称。但人的经验何其盲目，我认为最有帮助的事，也可能完全毁了我的计划。或许你只视她为妹妹，并不希望她成为你的妻子，或你可能遇到你爱的人。你认为基于承诺而对伊丽莎白有责任，而你强烈的悲凄可能就是源自这样的挣扎。”

“亲爱的父亲，请放心。我诚心深爱着表妹。我从没看过别的女人像伊丽莎白一样能激起我最炽烈的爱慕与情感。我的希望与愿景完全系于我们未来的结合。”

“亲爱的维克托，听到你说出对这件事的感受，使我感到久未体会到的喜悦。如果你真的这么觉得，那么我们当然很高兴，尽管现况仍让我们笼罩于阴霾中，但我希望能驱走你心中萦绕不去的忧愁。那么，告诉我吧，你是否反对立刻举行婚礼？我们经历了不幸，而近期发生的事破坏了适合我这年纪和虚弱身体的宁静生活。你虽然年轻，但以你拥有的能力与天分，我不觉得早婚会影响你未来追求荣誉与成就的计划。不过别觉得我想左右你的幸福，也别担心你这一方的延宕会让我严重不安。希望你以坦率的态度理解我的话，然后诚恳而有信心地回答我。”

我默默倾听父亲的话，一时还无法给他任何回答。我在脑中不停转着各种念头，努力想得出结论。唉！立即与伊丽莎白成婚的念头令我惊慌害怕。郑重的承诺束缚着我，我还未兑现那承诺，却也不敢毁约。如果我打破承诺，什么样的不幸将降临在我和我挚爱的家人身上！这致命的重担仍压在我肩头，将我压弯了腰，我怎能出席喜宴？我必须完成我的工作，让怪物带着他的伴侣离开，我才能允许自己享受共结连理的喜悦，由此得到平静。

而且我还记得我必须前去英国，或是开始通过长期通信的方式与该国的自然哲学家联系，因为他们的发现与知识对我现阶段的工作有不可或缺的用处。通信既旷日费时又成效不彰；此外，我很不想在家中投入可憎的工作，同时和我所爱的人习以为常地互动。我知道可能发生千种恐怖的意外，即使最轻微的意外，揭露的故事也可能让所有和我有关的人为之惊骇。我也明白，我在进行令人毛骨悚然的工作时将痛苦不堪，而我将常常失去自制力，无法隐瞒内心的痛苦。因此我进行工作时，必须远离所有我爱的人。而一旦着手进行，工作很快就会完成，那我就能平静幸福地回到我的家庭。我将实现我的承诺，而怪物会永远离开。或者（我爱这么幻想）同时间他可能发生某种意外，永远结束我受奴役的状态。

这些念头决定了我的回答。我向父亲表示我希望造访英国，但我隐瞒了背后真正的理由，用不会启人疑窦的借口掩饰我的目的，并且热切地提出我的希望，轻易就让父亲答应了。我沉溺于忧郁中那么久，而抑郁的程度和影响近乎疯狂，因此他很高兴那样的旅行让我满心喜悦。他希望转换环境加上各式的消遣，能让我在返乡之前完全恢复成原来的我。

此行的时间长短完全由我决定，我考虑停留的时间短则几个月，长则一年。他本着做父亲的善意做了预防措施，确保我有旅伴。他先前没和我讨论，就和伊丽莎白一同安排克莱瓦在史特拉斯堡与我会合。我为了工作，寄望能独处，但在旅程开始时有朋友陪在身边并不会造成阻碍，而想到我不用再经历数小时的孤寂，或令人疯狂的沉思，我欣喜若狂。除此之外，亨利或许还能阻止我的仇敌闯入。如果我独自一人，难免他可憎的身影不会偶尔闯入，提醒我别忘了工作，或观察工作的进展？

因此我将前往英国，而我们得到共识，我返乡之后会立刻和伊丽莎白成婚。家父年事已高，因此实在不愿拖延。对我而言，我承诺自己只要完成令人厌恶的苦劳，就能得到报偿，我承受无可比拟的苦难，将得到慰藉——我从悲惨的奴役状态解脱的那一天，将得以和伊丽莎白结合，并且把过去抛诸脑后。

我着手安排旅程，但有个念头纠缠着我，让我满心恐惧焦虑。在我离家期间，我将离开我的亲友，而他们丝毫不知有敌人存在，对他的攻击毫无防备，而他可能因为我离开而勃然大怒。但他发誓跟我到天涯海角，难道他不会跟着我去英国吗？这样的想象固然可怕，但也代表我的亲友应当能平平安安，一思及此便令人安慰。想到可能发生截然不同的情形，我深受折磨。但我在受到我的创造物奴役期间，一直任自己按当下的冲动行事；而当时我强烈觉得恶魔会跟着我，让我的家人不受他的阴谋威胁。

九月底，我再度离开祖国。去旅行是我的主意，因此伊丽莎白勉强同意，但想到我将离开她，受到不幸与悲伤折磨，她便心烦意乱。多亏她细心，让我有克莱瓦为伴——话说回来，男人对种种状况视若无睹，这些细节都需要女人周全关照。她恳求我早日回来；她心中千头万绪，沉默无语，噙着泪静静地向我道别。

我跳上接我离开的马车，几乎不知道自己要往哪里去，也不在意周遭掠过的景物。我只记得吩咐人将我的化学器材一同收妥带去，回想起来，我感到一股锥心之痛。我心中充满恐怖的想象，通过壮丽宜人的景色，我的目光却毫不动摇，对周围浑然不觉。我只想到此行的目的地，以及我将投入的工作。

如此无精打采地过了几天，经过了许多里格的路，我到达史特拉斯堡，在那里待两天等待克莱瓦。两天后他来了。唉，我们之间的对比多么明显！所有新奇的景色都逃不过他的注意，他看到夕阳的美景时满心喜悦，看到朝阳升起、一日之初，他更是欢喜。他向我指出风景中变化的颜色以及天空的种种面貌。“活着莫过于此，”他喊道，“活着真享受！可是你啊，亲爱的弗兰肯斯坦，你为什么闷闷不乐？”说实在的，我脑中都是阴郁的思想，我眼中既没有落下的星辰，也没有莱茵河上反射的金黄日出。而你呢，我的朋友，克莱瓦以充满感情与喜悦的目光欣赏景色，他的日志对你而言一定远比我的回忆更有趣。我只是不幸的怪物，而且诅咒缠身，阻挡我追求喜悦的所有途径。

我们说好从史特拉斯堡乘船沿莱茵河而下，前往鹿特丹，再从那里乘船前往伦敦。在这段航程中，我们经过许多柳树繁茂的小岛，看到几座美丽的城镇。我们在德国的曼汉市待了一天，从史特拉斯堡出发的第五天，我们到了美因兹。自美因兹以降，莱茵河的景色变得更如诗如画。河水湍急，河道在丘陵间弯弯曲曲，丘陵不高，但山势陡峭，形态优美。我们看到许多立于绝壁边的荒废城堡，高耸而无法企及，周围是漆黑的森林。莱茵河这个河段的景色的确千变万化。你一会儿看到峋嶙的山丘，废弃的城堡俯望宏伟的悬崖，深色的莱茵河从下方奔流而过；一会儿弯过河岬，景色一变，成了苍翠山坡上繁荣的葡萄园、曲折的河流与人口稠密的城镇。

我们旅行时正值葡萄收成时节，顺流而下时常听到农人的歌唱声。我心情消沉，时常因为郁闷而焦躁，但连我也开心了。我躺在船底，注视着晴朗无云的蓝天，感觉仿佛浸淫于久违的宁静。如果我的感觉是如此，那么有谁能形容亨利的感觉呢？他觉得仿佛来到了仙境，沉浸于鲜少有人尝过的喜悦之中。

“我看过，”他说，“我国最迷人的风景。我曾造访卢塞恩湖和乌里湖，白雪皑皑的山壁几乎直落水中，投下无法穿透的黑暗阴影，若不是有赏心悦目的青翠岛屿，那种阴影应该会给人阴郁消沉的感受；我曾目睹这座湖受到暴风雨侵袭，强风卷起夹带着水汽的旋涡，使人联想起汪洋中的水龙卷会是什么模样，波涛怒袭山脚，教士和他的妻子遭雪崩活埋，据说至今在夜风稍缓之时，仍会听见他们垂死的惨叫；我见过瓦莱山和佛德地区，但维克托啊，这个地方比那些美景更令我着迷。瑞士的山峦比较壮阔奇伟，但这条美妙河流的两岸有种我从未见识过的魔力。你看悬在那座崖上的城堡，还有那小岛上的城堡，几乎被美丽林木的树叶遮蔽，还有正从葡萄园走来的那群农夫、那座半隐在山坳里的村落。噢，住在这里保护这地方的神灵，肯定比在我们家乡堆起冰河或隐遁于无法企及的山巅的神灵，更有一颗与人和谐共处的心灵。”

克莱瓦，亲爱的朋友！即使是现在，记下你的言语、回想你值得赞美的杰出行止，仍令我满心欢喜。他宛如出自“自然之诗”[1]中的人物。他感性的心让他热情奔放的想象更为精炼。他的灵魂洋溢着热情，友谊诚挚而令人惊叹；有世界观的人总劝诫我们，那样的友谊只存在于想象中。但即使人类的同理心也不足以满足他热切的心。别人赞叹外在风景，他则由衷热爱：

> 轰然的瀑布
> 像热情一般萦绕不散：
> 山、巨岩与幽暗深林，
> 那些颜色与形状当时在他眼里
> 有如兴致；如感受与爱，
> 无须舍近求远的吸引，
> 或任何眼目以外的趣味；
> 思想足矣。
>
> ——华兹华斯《丁腾修道院》[2]

而现在他在何方？这个温和可爱的人儿永远不在了吗？这个充满灵感、天马行空神奇想象的心灵，形成了一个完全依赖其创造者而存在的世界——而这个心灵已经消殒？现在只存在我的记忆中吗？不，不是这样；你喜悦焕发的非凡形体是腐朽了，但你的灵魂仍眷顾安抚你忧伤的朋友。

---

1 指十八世纪末至十九世纪中的英国诗人李·杭特（Leigh Hunt）之作《蕾米尼的故事》（*Story of Rimini*），主角为但丁《神曲》炼狱篇通奸的保罗和法兰契丝卡，诗中以同情的角度描述两人的恋情，且为歌咏自然之作。

2 节录自英国浪漫主义诗人华兹华斯（William Wordsworth，1770—1850）《抒情歌谣集》（*Lyrical Ballads*）中的《丁腾修道院》（*Tintern Abbey*），除了旧地重游的景色，更描绘了人身处于自然中，身心与自然合谐共鸣的状态。

请原谅我吐出悲伤之言。亨利拥有无比的美德，这些无益的话语不过表达了微不足道的敬意，但这些话能平抚我想起他时而痛苦满盈的心。我会继续说我的故事。

过了科隆，我们顺河下到荷兰的平原。风向成了逆风，而水流太缓，帮不上忙，因此我们决定剩余的旅程改乘驿马车。我们在这里的旅程少了美景引起的乐趣，但几天后就到达鹿特丹，之后又循海路前往英国。

我首次见到不列颠的白色悬崖是在十二月下旬的一个晴朗早晨。泰晤士河两岸呈现了不同的景致；那里平坦而肥沃，几乎所有城镇都拥有独特的历史故事。我们看到了提布里堡，记起西班牙无敌舰队、格雷夫森德、伍利奇还有格林尼治等，我在自己国家也听过的地方。

我们最后终于见到伦敦众多的教堂尖塔，圣保罗大教堂傲视群众，还有英国历史中名声响亮的伦敦塔。

19

伦敦是我们当时的歇脚处，我们决定在这座令人惊叹的著名城市待上数月。克莱瓦希望和当时活跃的才子智士交流，但这是我次要的目的；我主要忙着设法收集履行承诺所需的信息，立刻用了随身携带的介绍函，拜访最杰出的自然哲学家。

如果我是在求学的愉快时光踏上这趟旅程，我会快乐得无以言喻。然而灾难已降临至我身上，而我造访这些人仅是因为我对一个主题有骇人的兴趣，而他们或许能对那主题提供一些信息。与人为伴令我烦躁；独自一人的时候，我就能想着天堂与人间的景象。亨利的声音安抚了我，让我能暂时哄骗自己平静下来，但忙碌、漠不关心或喜悦的脸孔又将绝望带回我心中。我明白我和同胞之间有一道无法跨越的隔阂；威廉和贾丝婷所流的血加深了这道隔阂，想起与这些名字相关的事件，我的灵魂就充满悲痛。

但我在克莱瓦身上看到从前的我；他好奇好问，急于得到经验与指导。他观察到的不同风俗，对他而言是知识与乐趣的无穷泉源。他也在追寻他挂念已久的一个目标。他计划造访印度，相信借着通晓当地的数种语言，加上他对当地社会的了解，可以实际帮助欧洲殖民与贸易的进展。而他只有到英国，才能进一步进行他的计划。他忙碌不停，而他唯一顾虑的只有我忧愁沮丧的心。我尽可能掩饰，希望别妨碍他的快乐；毕竟进入崭新生活环境的人，自然应该感受到那样的喜悦，不该被任何忧虑或悲凄的回忆阻挠。我常常借口有约在先而拒绝与他为伴，其实是为了独处。我这时也开始收集这次创造所需的材料，过程苦不堪言，仿佛受到水滴不断滴落头上的酷刑折磨。只要想起与那件工作相关的细节，都令我无比煎熬，而我隐晦提及此事时，字字令我嘴唇颤抖，满心忐忑。

在伦敦度过几个月之后，我们接到苏格兰寄来的信，寄信者曾到日内瓦拜访过我们。他提到他家乡的美景，问那样是否足以说服我们将旅程拉向北方，前往他所住的伯斯。克莱瓦渴望接受邀请，而我虽然厌恶与人为伴，但我希望再次看到山峦溪涧，以及大自然装饰她钟爱住所的一切美妙天工。我们在十月初到达英国，这时已经二月了。于是我们决定在隔月底启程向北。在这趟旅途中，我们不打算走大路前往爱丁堡，而是沿途行经温莎、牛津、马特洛克以及康伯兰湖，预计约在七月底结束这次游览。我收拾了我的化学器材和收集到的材料，决定在苏格兰北方高地的某个荒僻角落完成工作。

我们在三月二十七日离开伦敦，在温莎逗留数日，在美丽的森林中游荡。这儿的景色对我们这些山居人而言非常新奇；雄伟的橡树、丰富的鸟兽、尊贵的鹿群都显得新奇。

接着我们前往牛津。我们一来到此城，脑中就浮现一个半世纪之前发生在这里的事。查理一世就是在此聚集兵力。全国都扬弃他的坚持，加入议会和自由的旗帜之下，唯有这座城市仍然效忠于他。记起那位不幸的国王和他的同伴——温文儒雅的福克兰子爵、傲慢的戈林、查理一世的王后和儿子，让城市中他们可能住过的所有区域都有了某种特别的吸引力。昔日的精神似乎在此地长存，而我们荣幸能追溯那些精神的足迹。即使这些感受并未满足我们的想象，城市的美丽面貌也足以令我们倾心。古老的大学如诗如画，街道壮丽堂皇，还有迷人的艾西斯河[1]流过城边，穿过青翠欲滴的草地，扩展为一片平缓的水域，水面映着宏伟的高楼、尖塔和圆顶，周围古木环绕。

我沉醉于这样的景色中，然而对过去的回忆和对未来的忧虑，却让我的喜悦染上忧郁。我适合平静幸福的日子。我年少时从来不曾感到不足，即使曾感到烦躁，自然的美景或研究人类创造的杰作也能吸引我，让我心情开朗。但我有如一棵遭到雷击的树，雷电直入我的灵魂；当时我觉得我将活下去，展现即将不复存在的那个我——这人类的不幸惨状在别人眼里显得可悲，于我却是无法忍受。

我们在牛津待了很久，在近郊闲晃，努力辨认可能与英国精彩历史事件有关的地点。我们的发现之旅时常因为接连出现的事物而延长。我们造访了声名卓越的汉普登[2]之墓，以及这位爱国者殒身的战场。这些地点纪念、追忆着自由和自我牺牲，我思考这些崇高思想，心灵暂时提升，脱离卑劣凄惨的恐惧。一时间，我勇敢地挣脱了束缚，以自由而高昂的心情举目四顾，但铁链已经深陷肉中，我沮丧颤抖，再次堕回悲惨的那个我。

我们依依不舍地离开牛津，前往下一个落脚处马特洛克。这

1 Isis，泰晤士河流经牛津的河段别称。

2 约翰·汉普登（John Hampden，1594—1643），反对查理一世的英国议员。

个村落附近的乡间景色和瑞士相仿，但一切都小了些，我家乡长满松树的山峦总是伴着远方阿尔卑斯山的白色山巅，这里的翠绿山丘却少了这一景。我们造访壮观的洞穴和自然史的小展览室，其中珍奇的展示方式与塞瓦克斯和夏穆尼的收藏品相仿。亨利提起夏穆尼时，我听了不禁颤抖，我加紧脚步离开马特洛克，因为那里让我想起可怕的那一幕发生的地方。

我们从德比继续向北，在康伯兰和威斯摩兰待了两个月。我现在几乎可以想象自己身处瑞士群山中。山坡北面未融的小雪堆、湖泊和岩石间奔流的溪水，都是熟悉而亲切的景象。我们在这里也认识了一些人，他们几乎让我忘却忧愁。克莱瓦远比我喜悦；他与才学之士相处，心智更加开阔，而他与能力不及他的人为伍时，发挥了超乎他想象的能耐和才华。他对我说："我可以在这里度过一生。置身于这些山峦间，我几乎不会怀念瑞士和莱茵河。"

但他发现旅人的生命在喜乐之中也有不少痛苦。他的情感永远丰富而多变；当他沉淀下来，就会发现自己不由自主喜新厌旧，寻找那些吸引他注意的东西，然后再度为另一个新奇事物而放弃原来的兴趣。

我们才寻访康伯兰和威斯摩兰的几座湖泊，并且对当地一些居民产生感情时，我们和苏格兰朋友约定的时日就近了，于是我们与他们道别，继续旅行。就我而言，我并不遗憾。这时我已经将承诺搁置了一段时日，我担心那个恶魔在失望之下会做出什么事。他可能还待在瑞士，向我的亲人报复。这念头无时无刻不纠缠、折磨着我，让我不得安宁。我焦急不安地等待信件。如果回信稍迟，我便陷入愁云惨雾、忧心忡忡中；接到信时，我看了伊丽莎白或家父的署名，又几乎不敢展读，确认我的命运。有时我觉得那个恶魔跟着我，而我疏于履行承诺，他可能会为了督促我而杀害我的同伴。这些念头纠缠我的时候，我一时半刻都不肯离开亨利身边，像影子一样跟着他，想保护他不受我想象中加害者的怒气波及。我感觉自己犯下了某种重罪，良心不安的感觉挥之不去。我虽然没犯罪，但我确实让骇人的诅咒落到自己头上，那诅咒就像犯了罪一样致命。

我心慵意懒地来到爱丁堡，然而即使最不幸的人，也会被那座城吸引。克莱瓦仍旧比较喜欢牛津，因为他偏好牛津历史悠久的氛围。但爱丁堡这座新城拥有美景和秩序，浪漫的城堡和近郊，世上最赏心悦目的风景，如阿瑟王座、圣伯纳之泉以及潘特兰丘，弥补了改变带来的失落，让他满心欢喜和欣赏。但我却迫不及待想抵达旅程的终点。

我们一星期后离开爱丁堡，穿过库帕、圣安德鲁斯，沿着台河到伯斯，我们的朋友就在那里等待我们。但我没心情和陌生人谈笑，或是以客人应有的好心情配合他们的好意或计划。于是我告诉克莱瓦，我想独自在苏格兰旅行。“你就好好享受，我们之后再到这里相会。我可能离开一两个月。拜托别阻止我，让我安静独处一点时间。希望我回来时心情轻松一点，更能配合你的心情。”

亨利想劝我打消主意，但他看我心意已决，便不再劝说。他求我多写信。“你只身游荡，而我不认识这些苏格兰人，与其和他们待在一起，我宁可与你同行。亲爱的朋友，你要早点回来，有你在身边，我才觉得自在。”

和我的朋友分别之后，我决定去苏格兰某个偏僻的地方，独自完成工作。我确信怪物跟着我，会在我完工之时现身，接走他的伴侣。我抱着这样的决心，横越了北方的高地，选中奥克尼群岛最偏远的一座小岛为我工作的场所。那地方适合这种工作，只是块海浪不断拍打其高耸岩壁的巨岩。那儿土壤贫瘠，只勉强养得活几头干瘪的乳牛，种些居民吃的燕麦。岛上住了五个人，四肢瘦骨嶙峋，正是他们粮食不足的证据。蔬菜、面包对他们而言已是奢侈的享受，都得从大约五英里外的本土取得，甚至淡水也是。

整座岛上只有三间简陋的小屋，我到达时，有一间是空的。我租下了那间屋子。屋里只有两间房间，房里的景象贫困寒酸至极。屋顶的茅草塌陷，墙壁没涂泥灰，门的铰链松脱。我找人来修理，又买了些家具，然后住下。若不是这些居民都因为一贫如洗而麻木，这样的事无疑会令他们感到有些惊讶。就这样，我过起无人窥探打扰的日子，而他们因为饱受折磨，连人类最基本的感官也迟钝了，完全没感谢我给予他们些许食物和衣物。

在这藏身处，我早晨投入工作，但傍晚天气许可的时候，我会在岩滩上散步，听着冲刷到我的脚边滔滔海浪声。这景色虽然单调却又不断变化。我想起瑞士，那里和这片荒寂骇人的风景有如天壤之别。瑞士的丘陵种满葡萄藤，众多农舍密布于平原。悠然的湖面映着宁静的蓝天，就算受到风儿扰动，湖面的涟漪与大海狂涛相比，也不过像是活泼的婴儿在嬉戏。

我刚到达时，就是如此安排时间，但随着工作进展，日子却变得一天比一天恐怖且令人厌烦。有时我一连几天无法说服自己进实验室，有时我夜以继日地辛劳，好完成工作。我进行的工作的确可憎。当初第一次实验时，我因为狂热的热情而无视于我做的事多么骇人；我全心全意想完成工作，看不见过程的恐怖。但此刻我冷静地进行，我的心常常厌恶自己手中正在创造的作品。

我在这样的状态下进行最厌恶的工作，沉浸在孤寂中，什么也无法暂时让我从投入的现况转移注意，我的心灵因此失去平衡，人变得紧张浮躁。我无时无刻不担心迫害者出现。有时我呆坐着，目光盯着地上不敢抬眼，怕看见我极端畏于见到的对象。我不敢游荡到居民看不到的地方，唯恐一旦落单，他就会来向我索讨他的伴侣。

我依然继续工作，已完成不少进度。我渴切又战栗地期待完工，但不敢深究这份期待；那期待隐约混杂着不祥的预感，令我心慌。

20

一天日暮时分，我坐在实验室里，太阳已经落下，月亮刚从海平面升起。房里的照明不足以进行工作，我无所事事，开始思索那天是不是该到此为止，或是该不懈地努力，加紧完工。那时我脑中浮现一连串的念头，促使我思考眼前的工作会造成什么影响。

三年前，我投入同样的工作，创造出一个恶魔，他无可比拟的暴行令我的心悲凄，永远充满最悲哀的悔恨。如今，我即将完成另一个生物，而我对她的性情同样一无所知。她或许会比她的伴侣邪恶万倍，以杀戮和恶行为乐。他曾誓言离开人类群聚之地，藏身荒野，但她并未立誓；她很可能成为会思考的理性动物，拒绝履行一项在她诞生之前立下的约定。他们甚至可能彼此憎恨；已经存在的那个生物厌恶自己畸形，难道他眼前出现畸形的女性时，他不会更加嫌恶吗？她也可能嫌弃他，追求更俊美的男人；她可能抛下他，而他再次孤独，更因为被他的同类抛弃而愤恨不平。他们或许会离开欧洲，住到新世界的荒僻之地，然而那恶魔得到渴望的怜悯后，最先会带来的恶果之一就是繁衍后代；一个恶魔的种族将在大地繁衍，危及人类的存在，让人类生活在恐惧中。我有权为了自身利益，而让往后世世代代的人承受这样的诅咒吗？我创造的生物口中似是而非的话曾经感动我，他残酷的威胁曾让我不知所措，但这是我第一次发觉自己当初所做的承诺多么糟糕。想到未来世代的子孙将咒骂我为害群之马，认为我出于自私，为了自己的安宁而毫不迟疑地求和，其代价或许是全人类的存亡，我不由得战栗。

我浑身发抖，心脏仿佛失去了作用。我抬起头，就着月光，发现恶魔就在窗边。他注视着我，唇边带着令人战栗的微笑，看我坐在那里要完成他交付的工作。是啊，他在我旅途上跟着我；他在森林中徘徊，藏身洞穴中，或躲在辽阔无人、石南丛生的荒野中。此刻他来确认我的进度，要求我实现承诺了。

我望着他，他的脸上带着强烈的敌意与奸恶。我想到我承诺再创造一个和他一样的生物有多疯狂，因而激动得颤抖，并且将我正在做的东西扯成碎片。怪物看到我毁了他未来幸福的寄托，便发出凶恶绝望又怨恨的怒吼，消失无踪。

我离开房间锁上门，在心中郑重发誓绝不再重拾这份工作，接着我踏着颤抖的步伐走向自己的房间。我独自一人，身边没人驱散忧愁，不让最可怕的幻想压迫我。

几个小时过去了。我待在窗边俯望大海，海风止息，海面几乎毫无动静，整个大自然都在宁静的月亮照耀下安歇。海面缀着几艘渔船，微风偶尔送来渔人互相呼唤的声音。我感觉到那片宁静，但几乎没意识到有多么静谧，直到岸边的划桨声突然传入我耳里，引起我注意，有人在我的房子附近上了岸。

几分钟后，我听到我的门嘎吱作响，似乎正有人设法轻轻打开门。我从头到脚不住哆嗦。我预感到来者是谁，想叫醒住在附近农舍里的农人，但无助感笼罩了我，就像是噩梦中经常感受到的，你极力想逃离那迫近的危险却徒劳无功，只能站在原地无法动弹。

不久我就听见脚步声沿着小径传来，门开了，我恐惧的怪物现了身。他关上门朝我走来，压低声音说："你毁了你着手创造的成果，你打算做什么？你胆敢打破承诺？我历经千辛万苦，我跟着你离开瑞士，偷偷摸摸地沿着莱茵河岸前进，穿过柳树覆盖的小岛，越过丘陵的顶巅。我在英格兰的荒野和苏格兰的僻境住了好几个月。我忍受着疲惫、寒冷和饥饿的煎熬，你竟敢毁了我的希望？"

"给我滚！我的确打破了承诺，我绝不会再创造另一个像你一样畸形又邪恶的生物。"

"奴隶，我之前和你讲理，结果事实证明你不值得我降贵纡尊。别忘了，我拥有力量。你认为自己很悲惨，然而我可以让你不幸至极，让你连看到天光都觉得可憎。你是我的创造者，但我是你的主人，不准不从！"

"我犹豫不决的时刻过去了，你不能再控制我。你不能再威胁我做出任何恶行，你的威胁只会让我下定决心，不为你创造邪恶的同伴。难道我该冷血地将以杀戮和恶行为乐的恶魔纵放到世上吗？滚开！我心意已决，你的话只会激怒我。"

怪物看了我坚决的表情，愤怒地咬紧了牙，然后叫道："每个男人都能找到心爱的妻子，所有禽兽也有配偶，而我却该孤独无依？我心中也有爱，得到的回报却是嫌恶与轻蔑。人类啊！要恨我就恨吧，不过别忘了，你的日子会在恐惧与悲惨中度过，不久，雷电就要落下，永远夺去你的幸福。我陷入不堪的悲惨中，岂能让你快乐？你可以毁了我其他的热情，但复仇的恨意无法抹灭——从此以后，复仇将比光明或食物更重要！我或许会死，但你啊，宰制我、折磨我的人，我会先让你诅咒那轮俯望你悲惨的太阳。当心了，我无所畏惧，因此拥有强大的力量。我会像蛇一样狡猾地伺机等待，以毒液螫咬。人类，你会后悔你造成的伤害。”

“恶魔，闭嘴，别再用恶毒的声音污染空气。我表明了我的决心，我不是懦夫，不会屈服于你的威胁。离开吧！我的心意已决。”

“好吧，我走，但是记着，我会在你的新婚之夜现身。”

我叫着冲上前：“恶徒！你不要命了，竟敢签下我的死刑令。”

我来不及抓住他，他就闪过我，倏地跑出房子。没多久我就看到他上了他的船，小船像飞箭似的掠过水面，一下就消失在海浪间。

一切回归平静，但他的话言犹在耳。我满腔怒火，想追上破坏我平静的家伙，将他丢进海里。我在房里心浮气躁地来回踱步，脑中冒出无数的影像折磨刺激着我。我为什么没追着他，与他拼命一搏？但我让他离开了，而他往内陆方向而去。我想着接下来谁会因为他永不满足的复仇而牺牲。然后我想起他的话——“我会在你的新婚之夜现身”。看来，那将是我命运终结之时了。我将在那一刻死去，满足他的恶意，平息他的怨恨。想到这个可能性，我并不恐惧。然而我想起亲爱的伊丽莎白，想到她发现爱人被残酷地夺走，她将流下泪，陷入无尽的悲伤，我也不禁潸然泪下。这是许多个月来我第一次流泪，而我矢志即使要在我敌人面前倒下，我也会先奋力一搏。

夜晚过去，朝阳从海面升起，我的心情勉强平静了些，其实是强烈的愤怒陷入了深沉的绝望。我离开房子，离开前一晚发生那事的恐怖场景，走过岩滩。我几乎将这片大海视为我和同胞之间无法跨越的障碍——噢，我心中悄悄希望事实的确如此。我想在那片不毛的岩石间度过消沉的余生，那样的人生或许乏味，但不会遭遇任何突如其来的不幸。如果我回去，便会牺牲生命，或必须看着我最爱的人死在我自己创造的恶魔爪下。

我有如不得安宁的鬼魂在岛上游荡，与我所爱的一切隔绝，并为此所苦。中午时分，太阳升得更高，我躺到草地上沉沉睡去。前一晚我焦虑不安，因为警戒苦恼而两眼通红。深沉的睡眠令我精神一振，醒来时，我又觉得自己是人类的一员，然后开始稍微冷静地思考发生的事。然而那恶魔的话依旧像丧钟一般萦绕在我耳边，那些话仿佛梦境，却像现实一般清晰而沉重。

太阳早已西斜，我仍坐在岸边，饥肠辘辘地以燕麦糕充饥，这时我注意到一艘渔船在附近靠岸，一名渔夫拿了一个包裹给我；包裹中有几封来自日内瓦的家书，和一封克莱瓦恳求我与他会合的信。他说他待在那里只是浪费时间，而他在伦敦结识的朋友在来信中提到，希望他回去完成他们为他印度事业所进行的商谈。他离开的日子不能再推延，但由于他去伦敦之后可能随即就会踏上另一段更久的旅程，他请我尽可能陪伴他。因此，他请我离开我那座荒凉的小岛，在伯斯和他相会，再一同南下。这封信多少唤醒了我的生命，我决定两天后离开小岛。

然而，在我离开之前还有事情得完成，我想到就不禁战栗；我得收拾我的化学器材，因此得进入我进行可憎工作的房间，还得处理看了就令人作呕的器具。隔天早晨破晓时，我勉强鼓足勇气，用钥匙打开实验室的门。半完成的生物被我摧毁，残骸散落一地，我几乎觉得之前伤害的是活生生的人类躯体。我停下脚步，振作起来，然后走进房里。我双手颤抖地将器具搬出房间，但我想到不该留下我作品的残骸以免惊吓到此处的农人，令他们起疑。于是我将残骸收进篮子里，填入不少石头，搁置一旁，打算当晚抛进海里。等待的时候，我坐到岩滩上清洗整理化学器具。

那晚恶魔出现之后，我的感受截然不同了。之前我绝望忧愁地看待我许下的承诺，认为不论后果如何都必须完成；但此刻我觉得眼前似乎有层薄幕掀去，我第一次看清真相。我其实从未想过要重拾这份工作，他的威胁虽然令我忧虑，但我并不觉得我如果自愿那么做就可以避开这些威胁。我想通了，再创造像这恶魔一样的生物，是卑鄙又残酷的自私行为；我不让自己思考任何会导致不同结论的念头。

半夜两、三点之间，月亮升起，我将篮子放上一艘小船上，航向离岸边大约四英里远的地方。景色全然孤寂，几艘小船正返回岸边，但我朝反方向驶离他们。我觉得自己好像正要犯下可怕的罪行，战栗焦虑地避免遇到任何人。月色原本清晰，但一度突然被浓厚的云朵覆盖，我趁着黑暗的片刻将篮子丢进海里。我倾听着篮子沉入水里时发出的咕噜声，然后驶离。天空乌云密布，但空气清新，只是当时吹起的东北风，略有寒意。不过凉风让我精神一振，心情舒爽，决定在海上待久些，我将船舵固定，便在小船躺下。云层遮蔽明月，四下昏暗，我只听见小船龙骨破浪的声响，那低喃声哄我入眠，不久我沉沉睡去。

不知这样过了多久，我醒来时，发现太阳已经高挂空中。海风强劲，浪涛不断威胁着小船的安危。我发现吹的是东北风，会将我吹离我登船的海岸。我设法改变航道，立刻发现如果我再尝试，海水会立刻涌入船里。唯一的办法是顺风而行。我承认我的确有些恐惧。我身上没带罗盘，对这一带的地理所知甚少，因此太阳对我的帮助微乎其微。我可能会漂到辽阔的大西洋，深受饥饿折磨，或是被周遭呼啸翻腾的无垠海面吞没。我已经出海数小时，口渴难耐，这正是其他苦难即将来临的前兆。我望向天空，空中乌云密布，一片又一片的乌云被风吹得快速移动。我望向海上，大海将是我的坟墓。“恶魔啊，”我喊道，“你的任务的已经完成了。”我想起伊丽莎白，想起家父和克莱瓦——那个怪物可能用来发泄他嗜血与无情欲望的人，都被我留在身后。这念头让我陷入绝望恐怖的幻想，即使现在这个事件即将永远落幕，我想起那些幻想仍不寒而栗。

如此过了几个小时，随着太阳落向海平面，风逐渐止息，只剩温和的微风，海上也不再有碎浪。然而，巨大的涌浪又取而代之，我感到反胃，几乎无法掌舵，这时我突然看到南方有一道高起的陆地。

我承受了几个小时的疲惫和忧惧，几乎精疲力竭，而求生的意外希望就像温暖喜悦的洪流一般涌入我心中，我泪如雨下。

人的感受是多么善变，而我们即使在悲惨至极的情况下，依旧对生命的爱好有着奇妙的执着！我用了部分衣物做了另一张帆，急着朝着陆地驶去。那里看似荒凉，岩石遍布，但靠近时显然看到耕作的痕迹。我在岸边看到船只，发现自己突然回到文明人的居住地。我仔细沿着蜿蜒曲折的路径看去，最后发现一个教堂尖塔凸出于小海岬后方。我衰弱不堪，因此决定直接航向镇上，那是我最能轻易得到食物的地方。幸好我身上带了钱。我绕过海岬时，发现一座整洁的小镇和一座漂亮的海港，我把小船驶进港，想到我意外逃过一劫，我的心喜悦地狂跳。

我忙着修理小船、调整船帆的时候，几个人围到我身旁。他们看到我现身似乎很讶异，但并没上前帮忙，而是窃窃私语，比手画脚。换作别的时候，他们的手势或许会让我微微警戒，然而，这时我只注意到他们说的是英文，于是我也用英文对他们说话。“亲爱的朋友，”我说，“可否请问这座城镇叫什么名字，我身在什么地方？”

“你很快就会知道了，”一个声音粗哑的男人说，“或许你来到了一个不大合你胃口的地方，不过我敢说，没人会问你从哪里来。”

陌生人如此粗鲁地回答我，我感到诧异，而他的同伴皱眉、露出愤怒的表情，更令我手足无措。“你为什么回答得这么无礼？”我说，“这么不客气地接待陌生人，肯定不是英国人的习俗。”

男人说：“我不知道英国人的习俗如何，但爱尔兰人的习俗是痛恨恶徒。”

这番奇特的对话进行之时，我发现围观的人持续增加。他们的表情既好奇又愤怒，令我除了苦恼也有点担忧。

我问他们旅店怎么走，但没人回答。我走向前，群众跟着我，围到我周围，人群中传来窃窃私语，这时有个面貌丑陋的男人上前拍拍我的肩，说道：“先生，来吧，你得跟我去见科文先生，说明一下你的来历。”

“科文先生是谁？我为什么要提出说明？这里难道不是自由

的国度吗？”

“唉，先生，对正直的人够自由了。科文先生是治安法官，昨晚这里发现有位男士遭到谋杀，你得为他的死做个解释。”

他的回答令我吃惊，但我立刻恢复镇定。我是无辜的，这点轻易就能证明。于是我默默跟着领路人，被带到镇上最体面的一间房子。我又饿又累，随时可能倒下，但我被一群人包围，觉得最好使尽力气撑下去才是上策，以免身体虚弱被当成忧虑或良心不安的表现。我对于即将临头的大难一无所知，而那灾难将带来恐怖与绝望，消弭我对所有耻辱与死亡的恐惧。

我得在这里暂停一下，因为接下来要说的恐怖事件，我得鼓起所有勇气，才能回忆完整的细节。

21

立刻有人带我去见治安法官，他是一位慈祥的老先生，态度温和沉稳。然而，他注视我的目光却带点严厉，接着他转身面向我的带路人，询问谁是这件事的目击者。

有五六人站上前，治安法官由其中选出一人，那人严正表示他前一晚和儿子和妻舅丹尼尔·纳金特出海捕鱼，大约十点的时候，他们发现海上即将吹起强烈的北风，于是决定回港。那晚天色非常黑，月亮还没升起，他们没停靠在港口，而是依惯例停靠在港口南方约两英里处的一个小海湾。他先带着一部分的渔具上岸，他的同伴跟在他身后有一段距离。

他沿着沙滩走，踢到东西，整个人绊倒在地。他的同伴上前帮他，他们就着提灯的灯光，发现他倒在一个男人身上，那人怎么看都已经失去生命迹象。他们起先推测，那人灭顶之后被海浪打上岸，但检视一番之后，他们发现那人的衣服没湿，甚至连尸体也尚有余温。他们立刻将他搬到附近一位老妇人的农舍，设法救活他，但徒劳无功。死者是个俊秀的年轻人，年纪约二十有五。他看来是被勒毙的，除了脖子上发黑的指印之外，身上没有受伤的痕迹。

这段证词的前半部丝毫没引起我的兴趣，但听见指印一词，我记起家弟惨遭杀害之事，因而激动起来。我四肢颤抖，眼前一片模糊，不得不扶着一张椅子支撑身体。治安法官以锐利的目光观察我，而且理所当然将我的反应表现做了不利的解读。

证人的儿子证实了他父亲的叙述，但传唤丹尼尔·纳金特时，他发誓在他同伴跌倒之前，他看到离岸边不远处有艘小船，船上有个男人。而他就着少许的星光判断，那正是我刚刚靠岸的那艘船。

一个女人作证说，她住在沙滩旁，站在农舍门边等待渔人返航时，看到有个男人乘着一艘小船，从稍后发现尸体的岸边离开，那是她听说发现尸体前一个小时的事。

另一个女人证实渔夫曾将尸体抬进她家，当时尸体余温尚存。他们把人放到桌上揉搓他的身子，丹尼尔则到镇上找药剂师，但已经来不及救回那人的性命。

治安法官询问了其他几人我靠岸时的情况，他们证实由于夜里吹起的强劲北风，我很可能遭风浪袭击了数个小时，最后回到几乎是我离开时的同个地点。此外，他们判断我应该是从其他地方将尸体带来，而我似乎对这里的海岸不熟悉，在进港时不清楚城镇与我弃尸地点的距离。

科文先生听到这番证词，便要人带我去停尸的房间，准备观察我看到尸体时的反应。或许是因为我听到谋杀的方式就激动不已，他才兴起这个念头。于是我由治安法官和其他几人带至旅店。这个多事之夜发生的种种巧合令我忍不住惊讶，但我很清楚尸体发现的当时，我正在居住的岛上和数人交谈，因此完全不担心事情的发展。

我走进停尸的房间，让人带向棺材。该怎么形容我看到尸体时的感受？我至今仍惊骇得口干舌燥，回想起那骇人的一刻，仍然免不了颤抖痛苦。记忆中，当我目睹亨利·克莱瓦毫无生息地躺在我面前时，认尸的过程、在场的治安法官和目击者，都宛如一场梦。我喘着气，扑向尸体喊道：“我最爱亲的亨利，我恶毒的发明也夺走了你的生命吗？我已经害死了两个人，其他受害者还等着面对他们的命运，但你啊，克莱瓦，我的朋友，我的恩人——”

我的身体再也无法承受我经历的痛苦，我在剧烈的痉挛中被抬出房间。

之后我发了一阵高烧，我在濒死的状态中躺了两个月。我从他人口中得知，我在病中的胡言乱语十分骇人：我自称害死了威廉、贾丝婷和克莱瓦。有时我会请求照顾我的人协助我杀死折磨我的那个恶魔；有时我感到怪物的手指已经掐住我的颈子，于是痛苦惊骇地放声尖叫。幸亏我说母语时，还有科文先生能了解，但我的表现和凄厉的叫声足以惊吓其他目击者。

我为什么没死？没有人像我如此凄惨，我为什么不能忘却一切，好好安歇？死亡带走许多正值青春的孩子，他们是慈爱父母唯一的希望；有多少新娘和年轻恋人前一天还绽放着健康与希望，隔天就成了墓虫的食物、墓穴中的腐物！我究竟是什么材料做成的，居然能承受那么多打击，这些打击就像轮子转动一样反复折磨我。

但我注定活下来，两个月后，我感觉自己仿佛从梦中醒来，发现我躺在牢里的一张破床上，周围都是狱卒、狱吏、门闩和地牢里所有悲惨的刑具。我记得我在早上恢复神志，我忘了详细发生的事，只感觉之前突然遭遇重大的灾厄。但我环顾四周，看到栅窗和我身处的肮脏房间，于是一切回忆涌现，我痛苦地呻吟。

呻吟声惊动了睡在我身边椅子上的老妇人。她是请来的看护，是一名狱吏的妻子，面容完全显露那个阶级的负面特质。她脸上的轮廓冷酷而粗鄙，像习于面对悲惨而毫无同情的人。她以英文对我说话，口吻听来漠不关心；我发现我在饱受折磨期间听过她的声音。

“先生，你好一点了吗？”她说。

我以相同的语言虚弱地说：“应该好一点了。但如果一切都是真的，不是我在做梦，那我很遗憾我还活着，得承受苦难与恐怖。”

“说到这一点，”老妇人说，“如果你是指你杀害的先生，我想你还是死了比较好过，因为我想接下来应该有你受的！不过那不关我的事，他们只是找我来让你恢复健康。我尽了本分，无愧于心；如果人人都这样就好了。”

我厌恶地转身背对妇人，她居然对一个刚从垂死边缘活过来的人说出这么无情的话，但我仍然病恹恹，无法细想发生的所有事。先前发生的一连串事件，对我来说就像是一场梦；我有时会怀疑那些事是否都是真的，因为我从不觉得它们确实发生过。

眼前浮现的景象变得更加栩栩如生时，我的高烧又起，黑暗包围了我，我身边没人以关爱的温柔声音抚慰我，没有亲切的手支持我。医生来过，开了药，老妇人替我把药备好，但看得出来医生完全不关心，老妇人的表情则显得极为残酷。除了能拿到报酬的刽子手，谁会关心一个凶手的命运？

这是我最初的想法，但我不久就发现科文先生对我极为仁慈。他要人替我准备狱中最好的牢房（虽然破败，却已经是最好的了），医生和护士也是他找来的。他很少来看我，因为他虽然希望解除每个人的苦难，但他并不想目睹杀人凶手痛苦的模样与凄惨的呓语。因此，他偶尔来察看我是否受到照顾，不过停留短暂，来得不频繁。

我逐渐复原期间，有一天，我正坐在椅子上，眼睛半张，脸色像亡者一样土灰。我陷入忧郁，时常觉得我与其活在充满不幸的世界，不如寻死。有一会儿，我考虑是否该认罪，接受法律的制裁，因为至少我不像可怜的贾丝婷那样无辜。我思考这些事的时候，牢房的房门开了，接着科文先生走进来。他一脸同情怜悯，拉了一张椅子到我身旁，以法语对我说："恐怕这地方让你非常震惊，我能做点什么，让你觉得更舒适些吗？"

"谢谢您，但我并不在意您提到的事。这世上已没有我所能承受的任何安适。"

"我明白陌生人的怜悯无法给任何像你一样遭逢古怪厄运的人多大的慰藉，但我希望你很快就能离开这郁闷的住所。我相信不难找到一些确切的证据，来洗清你的罪名。"

"这是我最不担忧的一点。我经历一连串奇异的事件，成了世上最悲惨的人。我至此已经饱受迫害折磨，死亡还能让我更悲惨吗？"

"的确没有什么比最近发生的意外更不幸、更令人痛苦。你由于惊人的偶然而被冲上这片素以热情好客闻名的海岸，却立刻遭到逮捕，被控谋杀。你最先看到的景象是你朋友的遗体，而他是被某个恶人以不明的方式杀害，并嫁祸于你。"

科文先生说着这些话时，我因为回顾过去所蒙受的苦难而激动，同时也相当惊讶他似乎对我已有一定的了解。我想我应该露出了讶异的神色，所以科文先生急忙说："你病倒之后，他们把你身上的文件都拿给我，我检视那些文件，希望找到蛛细马迹，好将你的不幸遭遇和病况通知你亲属。我找到几封信，从其中一封信的抬头发现那是你父亲的来信。我立刻去函日内瓦，信函寄出至今快要两个月。但你病了，你现在还在颤抖，最好别再为任何事而激动。"

"我的心悬着，这感觉比最恐怖的事可怕千倍。告诉我又发生了什么惨案，我要为谁的死哀悼？"

"你的家人一切安好，"科文亲切地说，"还有个亲友来探望你。"

我不知道那念头是从哪里冒出来的，但我突然想到是凶手回来嘲笑我的不幸，借着克莱瓦之死挑衅我，再度激我实现他令人发指的愿望。我捂住双眼，痛苦地大喊："噢！把他带走！我不能见他。拜托，别让他进来！"

科文先生一脸困惑地看着我。他见我失声大喊，忍不住推断我有罪，于是以严厉的语调说："年轻人，我还以为你会欢迎令尊到来，没想到你会如此反感。"

"家父！"我喊道，而我的五官和全身肌肉都放松下来，由痛苦转为喜悦，"家父真的来了吗？太好了，太好了！他在哪里，为什么他没赶来看我？"

我的态度大变，让治安法官又惊又喜。或许他觉得我先前的呼喊是我一时又陷入精神错乱，于是他随即重拾先前和善的态度。他站起身，和我的护士一同离开牢房，不久家父走了进来。

这一刻，天下最快乐的事莫过于家父出现在眼前。我向他伸出手，喊道：“所以您平安无事，那么，伊丽莎白呢？恩奈斯特呢？”

家父安抚我，保证他们安然无恙，并且详细说明我心中关切的事，设法振奋我消沉的心情，但他不久就发现监牢并非愉快的住所。

“儿子，你住的是什么样的地方啊！”他悲哀地望着栅窗和牢房破烂的模样，“你为了追寻快乐而出门旅行，但不幸似乎追随着你。而可怜的克莱瓦——”

我还太虚弱，听见不幸遇害友人的名字便无法承受。我潸然泪下。

“唉！是啊，父亲，”我答道，“最骇人的命运纠缠着我，我得活着实现我的命运，否则早该死在亨利的棺木上。”

我的健康状况不稳定，必须尽可能保持平静，因此我们无法继续交谈。科文先生走进牢房，坚持不该让我太激动，以免耗尽力气。但我看到父亲出现，就像看到善良的天使出现一样，我的健康状况也逐渐好转。

我的病情改善时，我却陷入无法驱散的悲伤与深沉郁闷，克莱瓦的骇人死状在我眼前挥之不去。这些回想令我激动不已，我的亲友不止一次担心我的病情复发。啊！他们为何要保护这么悲惨可憎的生命？当时我应该能实现我的命运，而这命运即将画上句点。噢，快了，就要发生了，死亡很快就要让跳动的心脏止息，让我摆脱压垮我的沉重痛苦；在正义的制裁之后，我也将安息。我脑中虽然一直抱着这样的希望，死亡却离我很远。而我时常动也不动、沉默无语地坐着数小时，希望发生某种巨变，将我和我的毁灭者一同埋入废墟。

巡回审判的时间近了。我已经在牢里待了三个月，虽然我仍然虚弱，病情随时可能复发，但我不得不跋涉将近百英里路，来到巡回审判开庭审案的乡镇。科文先生自愿细心地为我收集证词，并且为我安排辩护律师。案件没有送进决定生死的法庭，因此我获准不用以罪犯的身份公开出庭。大陪审团决定不予起诉，因为有证据证明，我朋友的尸体寻获的当时，我正在奥克尼群岛。撤销起诉之后两周，我获释出狱。

我摆脱了刑事指控的烦恼，可以再次呼吸新鲜的空气，并且获准回到祖国，家父听了喜出望外。但我并没有同感，对我来说，地牢或皇宫的四壁同样可憎。生命之杯永远受到毒害，虽然有阳光照在我身上，就像照耀着内心快乐喜悦的人，但我转头四顾，只看到浓厚骇人的黑暗，除了一双瞪视着我的目光，什么光也照不透。有时那是亨利会说话的眼睛，但他的眼睛因为死亡而失去生气，黑眼珠几乎被眼皮与眼睑边缘又长又卷的睫毛遮掩；有时是那怪物水汪汪的蒙眬眼睛，就像我最初在因格施塔特的房间里看到的那双眼睛。

家父努力唤起我心中的情感。他提起我即将返回的日内瓦，提起伊丽莎白和恩奈斯特，但我听到这些名字，却只发出低沉的呻吟。有时候我的确渴望幸福，忧喜参半地想起我亲爱的表妹，或是怀着强烈的乡愁，渴望再次见到我幼时喜爱的湛蓝湖泊和滔滔隆河。然而，我常感到麻木，监牢和大自然最脱俗的景致对我而言并无分别，只有强烈的痛苦或绝望偶尔会打断那样的状态。那时，我常常打算结束我可憎的生命，唯有寸步不离的照料和警戒，才能阻止我恐怖的暴力之举。

然而，我还有一个责任未了，对这责任的顾虑终于胜过了我自私的消沉。我必须即刻返回日内瓦，守护我深爱的人，埋伏等待凶手，如果我有机会找到他的藏身之处，或他胆敢现身杀害我，我或许能精准地杀掉那个怪物，那个我仿照更加丑恶的灵魂所赋予生命的怪物。我憔悴虚弱，好像只剩个影子，家父担心我耐不住旅途疲惫，还想延后我们动身的时间。我的气力全消，形容枯槁，高烧日日夜夜折腾我残破的身躯。

但我焦虑急躁，要求尽快离开爱尔兰，于是家父认为最好顺着我的意。我们搭上前往勒阿弗港的船，乘着宜人的风离开爱尔兰的海岸。当时是午夜，我躺在甲板仰望星斗，倾听海浪拍打声。我对着遮蔽了爱尔兰的黑暗欢呼致意，想到不久就要回到日内瓦，我便因热切喜悦而心跳加速。过去有如一场噩梦，然而我搭乘的船、将我吹离爱尔兰可憎海岸的风和包围我的大海，在强调那不是我的错觉，我的朋友、我最亲爱的同伴克莱瓦已经成为我和我创造的怪物的牺牲者。我回忆自己的一生——和家人住在日内瓦时期的和乐生活，家母的死，与我出发前往因格施塔特的过程。我颤抖地想起驱使我创造恐怖敌人的疯狂热情，回想起他降生的第一个晚上。思绪快得无法掌握，千头万绪折磨着我，我悲痛地哭泣。

我在高烧恢复之后，就养成了每晚服用少量药物的习惯，我只能借由药物才能获得保命所必需的睡眠。在过去种种不幸事件的回忆压迫下，如今我得吞下加倍的剂量才能随即沉沉睡去。但我就连在睡梦中也无法暂时停下忧思与苦恼，我的梦境中出现数不清的骇人事物。将近早晨之时，我做了个噩梦，感觉到那恶魔勒着我的脖子，我无法挣脱；我耳边传来呻吟和喊叫声。一直在照顾我的父亲发觉我翻来覆去，于是叫醒了我。周围是拍打的海浪，头上是云层遮蔽的天空，恶魔并不在我身边——一股安心感，一种当下与无法抵抗的悲惨未来之间暂时休战的感觉，让我感受到一种平静的遗忘，而人心因其自身结构特别容易有这样的感受。

22

航程来到终点。我们上了岸，往巴黎而去。不久我发现我过度操劳，必须休息才能继续旅程。家父不眠不休地照顾我，但他不知道折磨我的缘由，于是尝试以各种错误的方法治疗我无药可救的病。他希望我借着交际得到娱乐，然而我厌恶人类的面孔。噢，不是厌恶！他们是我的同胞、我的同类，因此即使是最令人嫌恶的人也能吸引我；他们是有着无邪本性和天赐灵魂的生物。但我觉得我无权与他们交往。我将一个敌人纵放到他们之间，他以让他们流血呻吟为乐。如果他们知道我亵渎的作为以及间接造成的罪行，他们会多么厌恶我，一定会把我逐出这个世界！

家父最后让步，任我逃避与人来往，他屡次和我争论，希望我不再绝望。有时他认为我因为必须反驳凶杀的指控而深感屈辱，而他努力向我证明自尊的无谓。

“唉！父亲啊，”我说，“你太不了解我了。如果像我这样的卑鄙之人还妄自尊大，人类的感受与热情才真的会堕落。贾丝婷，可怜悲哀的贾丝婷和我一样无辜，也被指控同样的罪名，还因此丧命，而我正是始作俑者——是我害死了她。威廉、贾丝婷和亨利——他们都因我而死。”

在我受拘禁期间，家父时常听我说这些话。我这么指控自己，他有时似乎希望我解释，有时则觉得那是精神错乱所致，是我生病时在幻想中生出的念头，在复原期间仍无法忘怀。我避不解释，也绝口不提我创造的怪物。我深信别人会觉得我疯了，因此我会永远守口如瓶。除此之外，我也没有勇气揭露秘密，让听者为之惊恐，永远无法驱走心中超乎常情的恐惧。因此我虽然想不计代价倾吐重大的秘密，却仍克制了自己对同情的焦躁渴望，保持沉默。然而我总会无法自制，脱口说出类似前述的那些话。我无法解释我说的话，但话中的真相多少纾解了神秘苦难加在我心头的重担。

这次家父一脸惊讶地说：“亲爱的维克托，这是什么糊涂话？好儿子，拜托别再说这种话了。”

“我没疯，”我激动地说，“太阳与苍天见证了我的作为，可以证明我所言不假。我害死了那些完全无辜的受害者，他们都是因为我的私心而死。我宁可一滴滴流尽自己的鲜血，换回他们的性命。父亲，但我不能、真的不能牺牲全人类。”

家父听了这番谈话的结论，相信是我心神错乱，于是立刻转移话题，设法让我思考别的事。他一心想抹去爱尔兰那些事件的记忆，从此不提，也不让我因为说起我的不幸而痛苦万分。

随着时间过去，我逐渐平静下来。悲凄虽然长驻我心，但我不再语无伦次地提起自己的罪孽；意识到那些罪就足以让我痛苦。我有时意欲以痛苦的呐喊昭告全世界，但我靠着最强烈的自残抑制了这专横可悲的声音。我的外表行为也比我赴冰海以来的情况镇定许多。

我们预定离开巴黎前往瑞士的几天前，我接到伊丽莎白寄来的信。

亲爱的朋友：

接到舅父寄自巴黎的信，我满心欢喜；你不再远在天边，而我有望在两周之内见到你。可怜的表哥，你一定受尽折磨！我想你大概比离开日内瓦时更病恹恹吧。我悬着一颗心，焦虑煎熬，这个冬天过得悲惨；然而我希望看到你神情平静，发现你内心不是毫无慰藉与安宁。

但我担心一年前令你苦恼的感觉重现，甚至随着时间而增强。现在你心里压着太多不幸的重担，我不想打扰你，但舅父离开前和我的谈话，让我必须在我们见面前解释些事情。

解释！你可能会说，伊丽莎白会要解释什么？如果你真的这么说，我的疑问就得到解答，我的疑虑也平息了。但你我相隔两地，你看了我的解释可能恐惧又欣喜；而由于的确有这个可能，因此我不敢再拖延，必须写下你不在时我时常想告诉你却没勇气说出口的话。

维克托，你很清楚自我们幼时，你父母就希望我们结合。我们小时候就听过他们的计划，他们也教我们对此有所期待，将之视为必然会发生的事。我们在童年是亲密的玩伴，长大之后相信也是亲近而重要的朋友。但兄妹对彼此常有强烈的手足之情，却无意更紧密地结合，我们之间是否也是那样？我最亲爱的维克托，告诉我，回答我。我以我们双方的幸福恳求你说出简单的实话——你是否另有所爱？

你旅行各地。你在因格施塔特生活了数年。我的朋友，我承认去年秋天我看到你那么不开心，避开所有人而逃向孤寂时，我忍不住觉得你或许后悔我们之间有羁绊，虽然你父母的愿望和你的意愿相违，但你认为基于荣誉而必须达成你父母的愿望。不过这是误谬的推论。我的朋友，我承认我爱你，在我对未来的幻想中，你是我永远的朋友与伴侣。但我要声明，除非我们的婚姻是你心甘情愿的决定，否则我会永远凄凉。我希望自己幸福，也希望你快乐。你受到最残酷的厄运折磨，只有爱与快乐有望让你复原，却让“荣誉”二字夺去这个希望。我想到这个可能，便不禁潸然泪下。我，对你有着一份无私情感，可能成了你达成愿望的绊脚石，而大大加重你的苦痛。唉！维克托，相信我，你的表妹和玩伴对你的爱发自内心，想到这个可能，就深受折磨。开心点，我的朋友，只要你肯回答我的问题，那么世上任何事都无法打扰我内心的平静。

别因为这封信而感到心烦。如果回答这问题让你感到痛苦，别急着在明天或后天，甚至回来之后回复。舅父会写信转达你的健康状况，我们见面时，即使只在你唇上看到一丝笑容，而且是为了这封信或我任何其他的作为而笑，我将感到心满意足。

伊丽莎白·拉凡萨　笔

一七××年于日内瓦

这封信唤醒我先前遗忘的记忆，我想起那个恶魔的威胁——“我会在你的新婚之夜现身！”。这就是我的判决，在我新婚之夜，恶魔将用尽一切办法毁了我，夺走我那一丝稍稍可以抚慰我苦难的幸福。他决定在那一晚以我的死为他的罪行画下完美的句点。好，就这样吧！到时一定会有你死我活的搏斗，如果他赢了，我就能安息，而他对我的宰制即将告终。如果我打败他，我就自由了。唉！哪有什么自由？如果有个农夫目睹家人在眼前被杀，农舍焚毁，土地荒芜，他被逐出家园，无家可归而身无分文，孑然一身，他感受到的就是这样的自由。我的自由也将是这样，只不过我还有伊丽莎白，还拥有这个珍贵的宝藏，只可惜悔憾和内疚将纠缠我至死，抵消了我的喜悦。

亲爱美好的伊丽莎白！我反复读她的信，些许柔情悄悄溜进我心里，大胆低语着爱与喜悦的至乐梦想；但禁果已经吃下，天使伸出赤裸的手臂，驱走了我的一切希望。可我宁死也要让她快乐。如果怪物实现了他的威胁，我就难逃一死。然而，我再次思索成婚是否会让我的命运更快实现。我的死期或许会提早几个月来临，但如果折磨我的怪物怀疑我因他的威胁而延后婚期，他绝对会找别的办法报复，或许比原先的威胁更骇人可怖。

他虽然发誓会在我的新婚之夜现身，但他并不觉得这项威胁能让他得到平静，因为他在威胁我之后，立刻就杀了克莱瓦，像是要让我明白他嗜血的欲望还没满足似的。因此我认为，如果我及早和表妹结婚能让她或家父快乐，就片刻也不该因为敌人想取我性命而暂缓婚事。

我抱着这样的想法写信给伊丽莎白。我平静而深情地写道：“我所爱的女孩，我想我们在世上的喜悦已经所剩无几，然而，我可望享有的所有快乐都取决于你。别再无端恐惧，我只对你奉献我的生命，只追求和你的幸福。伊丽莎白，我有个秘密，这秘密很可怕，当我告诉你时，你会吓得浑身发冷，我悲惨的状况不会显得奇怪，你只会惊叹我居然能历经那些事依然存活下来。亲爱的表妹，我们之间必须完全坦诚，因此我们结婚隔天，我会向你坦白这个悲惨恐怖的故事。在那之前，希望你别向其他人谈及或提起。我诚心恳求你，我知道你一定会答应。”

接到伊丽莎白的信之后大约一星期，我们回到日内瓦。甜美的女孩温暖亲昵地迎接我，然而我憔悴的身形和发热的双颊让她看了泪水盈眶。我发现她也变了，她消瘦了些，几乎失去从前令我着迷的美妙活力，但对我这个凄惨可悲的人而言，她的温柔与怜悯的温和目光让她成为更适合我的伴侣。

我享有的平静并没有维持多久。回忆带来了疯狂，我想到发生的事，便真的失去理智，有时我大发雷霆，有时消沉抑郁。我既不说话也不直视他人，只动也不动地坐着，因为被种种不幸压垮而心神惚惚。

只有伊丽莎白能够让我脱离这样的状态；她轻柔的声音在我激动不已时安抚了我，在我陷入呆滞时唤起了我的情感。她和我一同流泪，也为我哭泣。我恢复理智时，她会劝诫我，希望我能认命。噢！不幸之人应当认命，然而罪人永远不得平静。沉溺于强烈的悲痛有时是种奢侈，却被悔憾的痛苦荼毒了。

我返家后不久，家父就提到我应当立刻和伊丽莎白成婚。我沉默不语。

“难道你的心另有所属？”

“完全没有。我爱伊丽莎白，也满心期待我们结合。就把日子定下来吧。那一天我不论是生是死，都会为我表妹的幸福奉献自己。”

“亲爱的维克托，别说这种话。我们遭逢悲惨的不幸，但我们应该更努力把握我们仅有的，将我们对逝者的爱转移到幸存的人身上。我们家庭的圈子会很小，但我们之间的爱与共同的不幸将使我们更紧密地联结。时间平抚你的沮丧之后，会再出现我们关爱的新对象，取代我们身边被残忍夺去的人。”

这便是家父的教诲。但我听了反而再次记起怪物的威胁，而从那恶魔的嗜血之举就能看出他无所不能，也难怪我会认为他难以征服。在他说出“我会在你的新婚之夜现身”这句话时，我就该知道他必定会实现他的威胁。但比起失去伊丽莎白，死亡没什么好怕，于是我脸上带着满足甚至喜悦的表情答应家父，只要我表妹点头，婚礼就在十日之后进行。我想，如此一来，我的命运就确定了。

神啊！如果我曾经想过，我恶魔般的敌人脑中有什么恶毒念头，我宁可从我的祖国自我放逐，像无亲无故的流浪者一样在世上游荡，也不愿同意这悲惨的婚事。但怪物好像有魔法一样，让我盲目地看不见他真正的意图；我以为我促成的是自己的死亡，没想到却让我更亲爱的人更快送命。

随着结婚之日接近，不知是懦弱还是不祥的预感使然，我越来越绝望。我以高兴的外表掩饰我的感受，让家父也展露欢颜，却骗不过伊丽莎白持续关注的锐利眼睛。她平静满足地期待我们成婚，心中却也因为过去的不幸而染上一点恐惧，担心目前看来真确的幸福随时可能化成一场幻梦，只留下挥之不去的深沉遗憾。

婚礼的筹备完成，我们也接受了道贺，人人笑容满面。我尽可能藏起折磨我心的焦虑，以热烈的态度参与家父的计划，虽然那些计划可能只会让我的悲剧显得更加悲惨。家父促使奥地利政府让伊丽莎白得到她部分的遗产，她因此获得科莫河湖湖畔的一小块地。我们决定成婚后随即前往拉凡萨宅，在美丽的湖畔度过最初的幸福日子。

同时，为免那恶魔公然攻击我，我准备了各种预防措施，随身携带手枪和匕首，时时警戒以免落入诡计，我由于做了这些准备，变得比较平静。随着日子接近，威胁显得像妄想，不值得为此破坏我的安宁；而婚礼不断被人提起，仿佛是任何意外也无法阻止的事件，于是我期待的幸福婚姻显得更确实。

伊丽莎白似乎很快乐，我平静的态度大大安抚了她。但就在我的希望和命运即将实现的那一天，她陷入忧愁，心中充满不祥的预感；或许是因为她想起我承诺隔天要告诉她可怕的秘密。家父则是喜出望外，他忙着准备婚礼，只把外甥女的忧郁当作是新娘的羞怯。

婚礼之后，众人聚到家父家中庆祝，但我们已说好要走水路开始我们的旅程，那晚会在艾维昂过夜，隔天再继续旅程。天气舒适，和风宜人，众人微笑目送我们登船。

这是我此生最后一段幸福的时光。船行疾速，烈日当空，但我们有棚子遮阳，因此能欣赏美景，有时在湖的一侧看到萨雷夫峰、蒙塔雷格的美丽坡岸、远方傲视群山的白朗峰，和无法与之比拟的覆雪群山；有时沿着对岸航行，看到宏伟的侏罗山，它以深色的山壁阻挡离开祖国的雄心，对于试图奴役这国家的侵略者而言，也是无法跨越的阻碍。

我牵起伊丽莎白的手。“亲爱的，你愁容满面。唉！要是你知道我曾经经历的不幸与未来将承受的苦难，你一定会尽量满足我，让我至少尝到这一天难得的平静，暂时不受绝望侵袭。”

“亲爱的维克托，开心点，”伊丽莎白答道，“我希望没有事会让你烦恼。别担心，我脸上或许没有热烈的喜悦，但我其实心满意足。我心里细小的声音要我别太寄希望于我们面前的未来，不过我不会去理会那不祥的声音。你看我们的船航行得多快，看天上的云有时遮掩，有时升到白朗峰顶，让我们眼前的美景更加迷人。你瞧湖水清澈，湖底的鹅卵石清晰可辨，水中也有无数的鱼儿。今天多么美好！大自然显得多么喜悦安详！”

伊丽莎白就是这样转移我和她的思绪，不再思考任何悲伤的事。但她的心情起伏不定，她眼中偶尔闪现喜悦，却总是不断被分心和若有所思取代。

夕阳西沉，我们经过了德兰斯河，看着河水流过高处的岩缝和低矮山丘间的谷地。此地的阿尔卑斯山比较靠近湖边，我们来到环绕阿尔卑斯山脉东界的山间平地。艾维昂围绕在树林间，其上是层层叠叠的群山，城中的尖塔忽隐忽现。

原本吹得我们疾行的风儿，在傍晚时分转弱为轻柔的微风。我们靠岸时，温和的气流吹皱了水面，岸边的树木也轻轻摇曳，带来花朵与干草的芬芳。我们上岸时，夕阳已落入地平线，我一踏上陆地就感到恐惧与忧虑重现，不久将永远纠缠不散。

23

我们八点时分上岸。我们在岸边走了走，享受稍纵即逝的余晖，然后回到旅舍，欣赏优美的水景山林。景色已在夜色中朦胧，但仍看得出黑暗的轮廓。

吹至南方的风已经平息，这时吹起强劲的西风。月亮爬到天顶，正逐渐落下；乌云飘过的速度快过秃鹰飞翔，掩蔽了月光，而湖面映着天上繁盛的景致，永不止息的波浪逐渐增强，让此景更显忙碌。这时突然下起一阵猛烈的暴雨。

白天时我心情始终平静，然而当黑夜模糊了景物的轮廓，种种恐惧立刻爬上心头。我焦躁警戒，右手抓着藏在胸前的手枪。任何声响都令我惊恐，但我下定决心，愿意付出我珍贵的性命，绝不逃避一战，要和敌人拼个你死我活。

伊丽莎白有一阵子畏怯害怕地不说话，观察着我局促不安的模样，但让她恐惧的却是我的眼神，于是她颤抖着问："亲爱的维克托，你为什么这么焦虑？你在怕什么？"

"噢！没事，没事，亲爱的，"我答道，"过了今晚，一切都会安然无恙，但今晚很可怕，让人胆战心惊。"

我在这样的心境中度过一小时，突然想起这场随时会发生的打斗一定会吓坏我妻子，于是恳请她去休息，而我决定在确认敌人的情况之前暂时别去陪她。

她离开之后，我继续在房里的走廊来回踱步，检查所有敌人可能藏身的角落。但我没找到他的踪影，正当我开始觉得发生了某种好运让他无法实践他的威胁，却突然听到一声惊恐的尖叫。尖叫声来自伊丽莎白的房间。我听见尖叫才恍然大悟，我两手一瘫，所有肌肉和组织的动作都停滞下来；我感到血液涌过血管，刺痛我四肢末梢。这状态只持续了一瞬间，尖叫声又响起，我冲进房间。

天啊！我为什么没当场死去！我为什么还要在这里重述最美好的希望和最纯洁的生命毁灭的经过！我看到她毫无生气地倒在床上，头往下垂，头发半掩着她惨白扭曲的面孔。无论我到何处，那身影从此在我脑中挥之不去——她惨白的双臂以及瘫软的身躯，被凶手丢在她新婚的棺架上。目睹这一景，我怎么活得下去？唉！生命太顽固，就爱对最厌恶生命的人纠缠不舍。我暂时失去记忆，毫无知觉地倒在地上。

我苏醒时发现四周围着旅舍里的人，他们的表情焦虑惊恐，但他人的惊恐看在我眼里并不真实，只是压迫着我的感觉的影子。我逃开他们，来到伊丽莎白遗体所在的地方。我的爱，我的妻子，她不久前还活生生的，亲爱而可敬。她已经被移动过了，不再是我先前看到的姿势，这时头枕在手臂上，一条手帕盖住她的脸和颈子，看似睡着了。我冲向她，激动地抱住她，但冰冷无生气的四肢让我明白，我怀里抱的不再是我深爱珍惜的伊丽莎白。她颈子上留下那恶魔的狠毒掐痕，唇间不再呼出气息。

就在我仍绝望痛苦地抱着她时，我无意间抬起头。房间的窗外原来一片漆黑，这时淡黄月光照亮房间，我看了一阵恐慌。窗板被打开了，一种难以言喻的恐惧感升起，我在敞开的窗边看到世上最可恶又恐怖至极的身影。怪物咧嘴笑着，他伸出邪恶的指头指向我妻子的遗体，似乎在揶揄我。我冲向窗户，拔出胸前的手枪开火，但他躲开了，从原先的位置跳开，以闪电般的速度投入湖中。

枪响将一群人引入房里。我指向他消失的地方，我们驾船追向他逃逸的方向，撒网打捞，但一无所获。几个小时过去，我们绝望地回头，大部分的同伴都认为那是我想象出来的人影。上岸后，他们开始搜寻乡间，几支队伍在林子和葡萄园中分头搜找。

我打算跟他们去，走到离房子一小段距离的地方却头晕目眩，脚步像酒醉似的踉跄，最后精疲力竭地倒下。我眼前仿佛盖上一层薄幕，皮肤发烧干热。我就在这种情况下被带回旅舍，并安置在床上，几乎浑然不知发生什么事。我在房里不断张望，像在寻找我失去的东西。

过了一阵子，我起身，直觉似的蹒跚走进我心爱妻子陈尸的房间。几个女人围着伊丽莎白哭泣；我俯身在遗体上，和她们一同哀哭。这段时间里，我脑中没有特别的念头，但我的思绪一直围绕在几件事之间，不断困惑地思考我的不幸与个中原因。我茫然陷入惊惧之中。威廉的死，贾丝婷被处死，克莱瓦被杀，最后是我的妻子；当时我还不知道其余的亲友是否逃得过恶魔的恶意，家父可能此刻就在他的掌下垂死挣扎，恩奈斯特可能已经死在他脚边。一思及此处，我直打哆嗦，想起应该即刻行动。我动身离开，决定尽快返回日内瓦。

我雇不到马匹，因此只能循水路从湖上回去；然而风向不利船行，又下着滂沱大雨。幸好出发时还未天亮，按理推算，我有望在晚上到达。我雇人划船，自己也拿起桨，因为身体活动一向能舒缓我心灵的痛苦。但我此时感到悲苦排山倒海而来，强烈的焦躁让我什么也做不了。我抛下桨，头枕在双手上，屈服于脑中浮起的种种阴郁念头。如果我抬起头，我会看到之前幸福时目睹过的风景，不过是前一天，我还在伊丽莎白的陪伴下欣赏这些景色，而她如今却只是幽影，一个回忆。我眼中涌出泪水。雨势稍停，我看到鱼儿像几个小时之前一样在水中嬉戏；伊丽莎白曾经观察过牠们。没什么比如此剧烈的变化更让人心痛苦。太阳或许依然照耀，云层或许低垂了些，但不论什么景象，看在我眼里都和前一天不同了。一个恶魔夺走我未来幸福的所有希望，世上没有人像我一样悲惨；如此骇人的事件史无前例。

但我何必详述最后这个惨绝人寰的事件之后发生的事？我的故事骇人听闻。我已经说到故事的最高潮，现在要说的部分想必会令你感到冗长琐碎。要知道，我的亲友被一一夺去，剩下我孤单一人。我的力气已经用尽，而我必须简短结束剩下的骇人故事。

我回到日内瓦。家父和恩奈斯特还活着，但父亲听到我带回的噩耗，心灰意冷。他的身影犹在，他真是年高德劭的长者！但他的眼神空洞飘忽，眼中已经失去魅力与喜悦——他的伊丽莎白，比女儿更亲的女孩，他以父爱全心溺爱她；他在人生迟暮时所爱的人不多，更渴切与存活的亲人相伴。该死的恶魔让他的灰发更添凄凉，让他在不幸中憔悴！他无法承受一桩又一桩的惊骇，生命的弹簧突然断裂，他再也无法下床，没几天就在我怀里过世了。

之后我怎么了呢？我不知道。我失去知觉，只剩下黑暗和枷锁压迫着我。有时我梦见和年轻时的亲友漫步在花开朵朵的草地和宜人的溪谷，但我醒来却发现自己在地牢里。忧郁随之而来，但我逐渐了解我的悲惨命运与当时的处境，这才获释出狱。据我所知，原来他们认为我疯了，所以有好几个月，我一直住在单人牢房里。

要不是我恢复神志时，复仇之心也随之苏醒，自由将是无用的恩赐。过去不幸的记忆折磨着我，我开始思索不幸的原因——我创造了那个怪物，我将毁灭我的悲惨恶魔带到这个世界。我想起他，便陷入狂怒，我热切祈祷，渴望逮住他，在他的头上奋力一击，以报深仇。

我的愤恨不久就不再限于无意义的期望。我开始思考抓住他的最佳方法。获释一个月之后，我造访城里一位刑事法官，告诉对方我要提出控告，我知道是谁杀害了我的家人，请他发挥所有职权抓住杀人凶手。法官专注亲切地倾听。

“先生，请放心，”他说，“我会尽一切努力找到恶徒。”

“谢谢您，”我答道，“所以请您听我接下来的证词。这个故事太古怪，我担心如果少了有说服力的事实，您不会相信。这个故事环环相扣，因此不可能是梦，我也没有作假的动机。”我对他说话时，态度诚恳但平静。我内心决定追捕毁灭我的人，至死方休，而这目标平息了我的痛苦，让我暂时安于活着。这时我坚强而精准地简述我的故事，准确指出日期，不曾落入谩骂与激动喊叫。

那位法官起先看来完全不敢置信，但随着我继续陈述，他愈听愈专心，表现出兴趣。我看到他有时恐惧战栗，有时则露出惊诧的表情，但并未显得难以置信。

我叙述完时如此作结："我指控的是这个生物，希望您尽全力拘捕，给予制裁。这是您身为法官的职责，我深信并寄望您本着人类的情感，不会反对执行这些职责。"

这番话让我听众的神情一变。他听我的故事时，像在听灵异故事或超自然事件一样半信半疑，但恳请他正式采取行动时，他对我所说的故事又转为难以置信。不过他回答得温和："我愿意提供一切的帮助，协助你追捕那生物，但你提到的生物似乎拥有特殊的能力，可以将我的一切作为化为乌有。那生物能横越冰河，住在无人敢闯入的洞窟巢穴中，有谁能追踪得了他？何况，他犯罪后已经过了数个月，没人推测得出他游荡到何处、可能住在什么地区。"

"我相信他一定流连在我居住的地方附近，如果他真的藏身在阿尔卑斯山中，或许我们能像猎岩羚一样追捕他，把他像猎物一样杀死。但我了解您的想法，您不相信我说的话，无意追捕我的敌人，让他得到应有的制裁。"

我说话时眼中冒出怒火，刑事法官骇然。"你误会了，"他说，"我会努力帮忙，如果我能抓住那个怪物，一定让他得到应有的惩罚。但听你说到他的能耐，我担心这样不可行，因此在寻求所有适当办法的同时，你应该做好失望的心理准备。"

"我办不到。但我说什么都是徒劳，我的复仇对您毫不重要。复仇虽然不是好事，但我承认这是我唯一的欲望。想起我纵放到这社会中的凶手依然活在世上，我的愤怒无以言喻。您拒绝了我合理的要求，因此我别无他法，我不论是生是死都将设法毁灭他。"

我说这番话时，激动得颤抖。我的神态中带着某种疯狂，以及我相信是传说中昔日殉难者所有的高傲狂热。然而，日内瓦刑事法官的心思显然放在献牲奉献与英雄之举以外的事情上，因此这样崇高的心灵反倒显得疯癫。他像护士安抚孩子般努力安抚我，把我的经历视为精神错乱的影响。

“天啊，”我喊道，“你自以为是，多么无知！住口，你不知道你在说什么。”

我愤怒又心烦意乱地夺门而出，回去思考其他办法。

24

目前我所有的思想都被吞噬殆尽。怒火鞭策着我。我想到复仇才勉强镇定，才有力量；复仇塑造了我的感受，让我偶尔慎思而平静，否则我的命运只有精神错乱或死亡。

我首先决定永远离开日内瓦。从前幸福而被人所爱时，我爱我的祖国，但我身陷危厄，我的祖国便显得可憎。我备妥一笔钱，带上家母的一些珠宝，就这样离开了。

我的流浪生涯就此展开，至死方休。我行遍世界许多地方，经历了蛮僻之地生活的艰辛。我几乎不知道自己是怎么活下来的；好几次在沙漠里，我四肢无力地躺下，祈祷自己死去，但复仇之心让我活了下来。我不敢就此死去，让我的敌人活在这世界上。

我离开日内瓦时，第一要务是查出线索，以追踪凶残敌人的踪迹。但我的计划未定，我在市郊徘徊多时，不确定该走哪条路。夜晚降临，我发现自己来到威廉、伊丽莎白和家父安眠的墓园。我进了墓园，走向标示他们坟墓所在的墓碑。万籁俱寂，只听见树叶被风微微扰动的声音。那一晚几乎伸手不见五指，即使漠不关心的人看了那一景，也会觉得庄严感人。逝者的灵魂似乎在周围闪过，在哀悼者的头上投下阴影，我虽然有这种感觉，但什么也看不见。

愤怒和绝望迅速取代了这一景最初激起的深沉悲伤。他们死了，而我仍苟活；杀害他们的凶手也还活着，我为了毁掉他，只能延长我令人厌倦的生命。我跪在草地上，双唇颤抖亲吻泥土，喊道："我以膝下神圣的土地、身边徘徊的鬼魂和我沉痛永恒的悲伤发誓，也以您——黑夜和掌管黑夜的神灵发誓，我将追捕造成这般不幸的恶魔，和他相搏，直到一方死去。因此我会活下去，为了重大的复仇，我将再次看见阳光，踩在大地的青草上；若不是这样，我应该再也无缘见到这些事物。逝者的灵魂，漂泊的复仇女神，我请求你们协助、引导我报仇雪恨。让可恶该死的怪物尝尽苦头，让他感受到折磨着我的绝望。"

我郑重敬畏地呼唤，几乎相信我死去亲友的鬼魂听到我的誓言，赞同我的心愿，但说到最后，我陷入复仇的愤恨情绪，哽咽难言。

沉寂的夜里，恶毒响亮的大笑回应了我，它在我耳畔沉沉响着良久。群山传来回音，好似整个地狱用讥讽嘲笑环绕着我。那一刻，我应该发狂毁了自己可悲的性命，但誓言既出，我决心复仇。笑声止息，这时一个熟悉可恨的声音仿佛就在我耳边冒出来，清晰地对我低语："我很满意，悲惨不幸的人！你决定活下去，我很满意。"

我扑向声音传来之处，但魔鬼避开了我的攻击。宽大的月轮突然升起，照着他扭曲骇人的形体，而他以非人的速度逃离。

我追着他，一连许多个月坚持不懈。我循着渺茫的线索，沿隆河的蜿蜒河道追踪，但一无所获。湛蓝的地中海出现在我眼前，我恰巧看见那恶魔趁夜登上一艘准备驶往黑海的船躲藏起来。我乘上同一艘船出海，但不知怎的被他逃掉了。

在鞑靼和俄罗斯的荒野中，他虽然设法躲过我，但我总是追着他的脚步。有时这恐怖的幽灵吓着农人，他们会告诉我他的去路；有时他担心我完全找不到他的踪迹会绝望死去，因此留下记号引导我。雪花落在我头上，我在白茫茫的平原上看到他庞大的脚印。你涉世未深，从前不知忧虑，还没尝过痛苦，你怎能了解我过去与当下的感受？我注定承受种种痛苦，其中寒冷、困乏和疲倦最不足道。我遭魔鬼诅咒，内心怀着永恒的地狱，但仍有个善灵跟着我，指引我的脚步，只要我喃喃抱怨，就会帮助我脱离看似无法克服的困难。有时我饿得体力不支，疲惫地倒下，沙漠中就会出现一餐食物让我恢复体力和精神。食物粗糙，像乡下人的食粮，但我深信那是我唤来相助的灵魂所准备的。经常，当四周一片干涸，天上万里无云，而我口渴难耐的时候，就会有一小片云遮蔽天空，落下几滴雨水供我饮用后就立刻消失。

我尽可能沿着河道走，但那个魔鬼通常避开河边，因为乡间的人口主要就聚集在那里。其他地方很少见到人迹，而我通常靠着偶然发现的野生动物果腹。我身上带着钱，靠着散财换取村人的善意；或是带着我猎到的食物，自己留下一小部分，其余拿来报答那些提供我炉火和炊具的人。

我厌恶我这样的人生，只有在睡梦中才能感到喜悦。美妙的睡眠啊！处境最凄惨时，我时常沉沉睡去，而我的梦境抚慰我，甚至让我狂喜。守护我的幽灵让我拥有这些快乐的片刻，甚至数小时，借以恢复精力，完成我漫长的旅程。少了这样的喘息，我应该承受不住劳苦。白天时，我靠着夜晚将降临的希望支撑，借此得到激励，因为梦中我能见到我的亲友、我的妻子，和我亲爱的国家。我再次见到家父慈祥的容颜，听见伊丽莎白银铃般的声音，看见克莱瓦散发着健康与青春的光彩。艰苦跋涉而疲惫不堪的时候，我时常说服自己我在做梦，直到夜晚降临，我才会投入我挚爱亲友的怀抱享受真实。我对他们的爱是多么令人痛心！我是多么紧抓着他们亲爱的身影，因为偶尔在我清醒的时候，他们依旧萦绕在我脑海，让我相信他们还活着！这些时刻，我心中燃烧的复仇之火止熄，而摧毁恶魔不再是我灵魂深切的欲望，而比较像上天交付的任务，是我受到某种我所不知道的力量驱策。

我不知道我追捕的对象有什么感触。有时他的确在树皮上留下文字，或在石头留下刻痕引导我、激怒我。其中一段可辨的刻文是这么写的："我的宰制还没结束。你活着，我就拥有力量。跟着我吧，我将前往北方永恒的冰雪中，你将感到寒冷与霜雪的凄凉，而我毫无所觉。只要你没太晚跟来，你会在这地方找到一只死掉的野兔，把野兔吃了，补充精力。来吧，我的敌人，我们还得以性命相搏，在那之前，你得承受艰难痛苦的漫长时光。"

轻蔑的魔鬼！现在我再一次誓言报复，可恨的恶魔，我再次诅咒你痛苦死去。除非我或他丧命，否则我绝不会放弃追寻；到时候，我将欣喜若狂地和伊丽莎白及辞世的亲朋重逢，而他们现在正为我准备奖赏，奖励我沉闷的辛劳和漫长可怕的旅程！

我前往北方的路途中，雪势变大，寒意加剧，几乎令人无法忍受。农人都在他们的小屋里避寒，只有少数最不怕冷的人，才出门捕捉迫于饥饿从藏身处出来觅食的动物。河川结了冰，抓不了鱼，我因此失去了为生主要的食物来源。

我愈是辛劳，我的敌人就愈得意。他曾经在留下的刻文中这么写："做好心理准备，你的苦难才刚开始！裹上皮毛，备妥食物，因为我们即将踏上的旅途中，你吃的苦只会满足我心中永怀的愤恨。"

这些奚落的言语激励了我的勇气和意志。我决心不放弃目标，我恳求上天帮助，继续怀着不懈的热情越过辽阔的野地，直到海洋出现在远方，画出海天之间的界线。噢，这景色和南方艳蓝的海洋多么不同！冰雪覆盖下，大海和陆地的唯一分野是无以比拟的荒凉和崎岖。希腊人从亚洲的丘陵看到地中海时喜极而泣，欢呼他们的劳苦即将结束[1]。我没有流泪，而是跪倒在地，全心感谢我的守护天使让我虽被敌人奚落，仍然安全到达希望中的目的地，跟上他，和他相搏。

那之前的几个星期，我得到雪橇和狗队，得以用超乎想象的速度在雪上移动。我不知道恶魔是否有同样的优势，但我先前捉捕他时逐日落后，那时却发现我渐渐追上他，在我见到冰海的时候，他只领先我一天的路程，我希望在他到达岸边之前拦截到他。因此我怀着新生的勇气继续赶路，两天内到达了岸边一个破败的村落。我询问当地居民那个恶魔的事，得到了详细的信息。他们说，前一晚有个庞大的怪物出现，他带着猎枪和好几把手枪，但他骇人的容貌吓跑了一间农舍里的人。他拿走他们过冬的存粮放到一架雪橇上，抓走一大群受过训练的拉橇狗，让它们戴上鞍具，然后，令惊恐的村民如释重负的是，他驾着雪橇继续越过冰海，朝没有陆地的方向驶去。他们猜测他很快就会跌入冰中而死，或在永恒的霜雪中冻死。

1 指公元前401年希腊佣兵参与波斯内战之后返乡的经过，希腊史学家色诺芬（Xenophon，前430—前354）曾参与其中，并依此写成《长征记》（*Anabasis*）。

我听了这个消息，一时感到一阵绝望。他又从我手中逃走，而我将踏上几乎不见止境的死亡旅程，越过冰山，即使当地人也难忍受那样的酷寒，我是在阳光充足的温和气候中长大的人，绝对没希望活下来。然而，我一想到恶魔会活着得到胜利，怒火和复仇的欲望又燃起，就像巨涛一样淹没了其他所有感觉。稍事休息时，死者的灵魂在我身边徘徊，鼓舞我不畏艰难，报仇雪恨，醒来后，我便为我的旅途做好准备。

我将陆地上的雪橇换成适合在崎岖的结冻海面前进的雪橇，买了丰富的补给，然后离开陆地。

我算不清那之后过了多少天，但我尝尽了苦头，如果不是我心中燃着对正义的制裁的永恒坚持，我一定撑不下去。高大崎岖的冰山时常挡住去路，而我常听见威胁生命的巨涛轰然巨响。但冰雪再度降临，让海上的路途坚固牢靠。

按照补给消耗的情况推测，我这段旅程应该持续了三个星期，我的期待不断落空，又在心中重新燃起，我的眼中流出忧愁苦涩的泪水，绝望差点就擒住了她的猎物，而我很快就要被不幸吞没。有一次，可怜的狗儿费尽力气爬上冰山的坡顶后，其中一只虚弱而亡，而我苦恼地看着面前一片苍茫，突然间，我的眼睛在昏暗的冰原上瞥见一个黑点。我眯着眼想看清那是什么，当我看出那是一架雪橇，雪橇里有个熟悉的巨大身影时，我惊喜地狂吼。噢！希望在我心中重现！我眼中涌出温热的泪水，我匆匆揩去眼泪，以免阻挡了恶魔的身影；但灼热的泪仍然模糊了我的视线，最后我屈服于煎熬我的情绪，痛哭出声。

但此时刻不容缓，我解下死去的狗儿，给其余的狗儿充足的食物，休息了一小时之后——这是绝对必要的，虽然令我焦躁难耐——再次踏上旅程。我还看得到那辆雪橇，除了偶尔有冰岩的岩壁干扰，我再也没失去雪橇的踪迹。我明显逐渐追上，经过将近两天的旅程，我看到我的敌人在不到一英里之外，我的心怦怦狂跳。

如今仇敌似乎伸手可及，我却突然感到绝望，而且从来不曾像这样完全失去他的行踪。我听到巨涛的声响，海水在我下方翻腾涌流，巨涛袭来的隆隆声一分一秒越加恐怖不祥。我继续追赶，但一无所获。起了风，大海咆哮，然后在地震似的一阵剧烈震动中，冰面裂开，发出震耳欲聋的巨响。一切很快就结束，几分钟内，我和我的仇敌之间只剩一片波涛汹涌的大海，而我漂在一片裂开的浮冰上，浮冰的面积逐渐缩小，骇人的死亡步步逼近。

就这样，我度过了恐怖的几个小时。我的几只狗死了，而我也将沉没于高涨的绝望之下，却看到你的船下了锚，给了我援救和求生的希望。我不知道船只会来这么北方的海域，看到此景十分惊讶。我立刻拆下部分的雪橇造了一根桨，辛苦不堪地将我的冰筏划向你们的船。如果你们要往南去，我决定不放弃目标，将自己交给大海处置。我当时希望说服你们给我一艘小船，让我追捕仇敌。但你们要往北去，而且在我精疲力竭之时让我上船，我原本即将在种种重担之下沉没死去，而那正是我最为恐惧的事，因为我的目标尚未达成。

噢！将我带向那个恶魔的守护灵，何时才能让我得到梦寐以求的安宁；难道我将死去，而他仍会活着？如果我死去，华顿，请发誓你不会让他逃脱，你会找到他，以他的死告慰我的复仇之心。但我岂敢要求你为我踏上复仇之路，忍受我经历过的艰苦？不，我没那么自私。但我死去之后，如果他出现，如果复仇女神将他引向你，你要发誓绝不让他活着——他将不会战胜我屡屡的悲痛，不会活着再添一笔他邪恶的罪行。他善辩又善于说服人，我的心曾经受他的言语摆布，但切勿相信他。他的灵魂和他的外貌一样骇人，既不可靠，又充满残暴。千万别听他说的。呼唤威廉、贾丝婷、克莱瓦、伊丽莎白和家父，还有悲惨的维克托的名字，然后将你的剑刺入他的心脏。我会在一旁徘徊，让钢刃正中目标。

华顿，续前信

亲爱的姐姐：

玛格丽特，你读完了这个诡异惊悚的故事，难道不像我现在一样，恐惧到血液都凝结了吗？有时他会突然痛苦得说不下去；有时他的嗓子哽咽，困难地吐出充满悲痛的话语。他俊美动人的双眼时而散发愤慨的光芒，时而缓和为颓丧的悲伤，在无尽的凄凉中光彩全失。有时他努力控制自己的表情与语气，完全压抑焦躁的表现，以极为镇定的声音描述最骇人的事件。接着又像火山爆发似的，脸上突然露出暴怒的表情，尖声诅咒他的迫害者。

他的故事前后连贯，仿佛叙述的是最简单的事实；但我得承认，无论他所言多么诚恳且具连贯性，主要是费利克斯和莎菲的往来信函，以及我们从船上瞥见的怪物身影，让我较相信他叙述的真实性，而非他单方面所做的陈述。那样的怪物居然真的存在！我并不怀疑，然而我却惊叹与钦佩得无法自已。有时我设法让弗兰肯斯坦说出他创造那个怪物的细节，但他对此毫不松口。

“朋友，你疯了吗？”他说，“你愚蠢的好奇心想将你引到何处？难道你也打算在这世上创造一个恶魔般的仇敌？冷静，冷静！从我的不幸中学到教训，别徒增自己的不幸。”

弗兰肯斯坦发现我记下他的故事；他请我将笔记给他看，改正增添了多处，但主要是将他和仇敌的对话做更真实传神的补述。他说：“既然你记下了我的叙述，我当然不希望残缺不全的故事流传下去。”

一星期的时光，就在聆听这个超乎常人所能想象的奇异故事中逝去。这个故事和我客人和善的态度让我产生兴趣，使得我的思绪和灵魂中的一切感受都沉浸其中。我希望安抚他，但我能劝告悲惨至极、失去一切慰藉希望的人活下去吗？唉，不行！他现在唯一的喜悦，是他残破孤寂的灵魂得到安息永眠。然而他也得到安慰，那是孤寂和幻象造成的结果。他相信他在梦中能和他的亲友交谈，而且那样的交流能慰藉他的悲惨，或激起他的复仇之心；他深信他们不是幻想的产物，而是他们本人从遥远的世界造访他。这样的信念赋予他的幻想一分庄严，让我觉得这些幻想几乎像现实一样令人印象深刻且饶富趣味。

我们的对话并不限于他的过去与不幸。他对大众文学展现无尽的知识与锐利敏捷的理解。他的言辞感人而有说服力，他谈起悲惨的事件或试图引人同情或关怀时，我总是忍不住泪水。他在潦倒落魄时也如此高贵圣洁，在他顺遂时该是多么辉煌的人物！他似乎很清楚自己的价值，也明白自己坠落得多重。

“年轻的时候，”他说，“我相信自己注定完成伟大的志业。我虽然感情丰富，却也拥有冷静的判断力，因此渴望有一番成就。这种自知之明对他人而言或许很沉重，但对我却是助力，因为我认为这些天赋对我的同胞应该大有用处，若因为无意义的伤悲而白费了天赋是种罪恶。回顾我完成的工作，我起码创造了情感与理性兼具的生物，因此我无法将自己视为一般的创造者。这个念头虽在我事业开端时支持着我，现在却让我更加狼狈。我的一切思考与期望仿佛一场空，而我就像渴望无所不能的大天使一样，也被囚禁在永恒的地狱。我的想象力固然丰富，但我分析实践的能力很强，这些特质让我有了创造人类的构想，并加以实现。即使现在，回想起工作尚未完成时的那些幻想，我仍然热血沸腾。我漫天遐想，时而因自己拥有的力量而沾沾自喜，时而为它的效用感到焦急。我从小就被灌输了高远的理想和雄心壮志，但我一败涂地！唉！我的朋友啊，如果你认识从前的我，看到我如今颓丧的模样肯定会觉得判若两人。从前我很少感到沮丧，崇高的命运似乎支持着我，直到我坠落，永远一蹶不振。”

我非得失去这个令人敬仰的人吗？我一向渴望有个朋友；我一直在寻找可以与我共鸣、也爱我的人。看呐，我在荒凉的海上找到了这样一个人，然而遇见他，却只是为了明白他多么宝贵，然后再次失去他。我希望他好好活下去，但他厌恶这个念头。

“华顿，谢谢你对我这悲惨的人抱着善意，”他说，“但你谈到新的情谊和初生的友爱，你认为它们可能取代逝去的那些人吗？谁能取代克莱瓦对我的意义，哪个女人能成为另一个伊丽莎白？即使没有任何更优秀的特质能激起我们强烈的喜爱，我们儿时的同伴永远在我们心中占有一席之地，之后的朋友也难以匹敌。我们知道彼此幼时的性情，不论我们之后受到什么影响，当时的个性永远无法抹灭。而他们能判断我们的行为动机是否诚正，可以做出较肯定的结论。兄弟姐妹绝不会怀疑彼此使诈或欺骗，除非先前曾有那样的迹象。换作是朋友，不论双方的友情多么浓烈，也可能不由得怀疑对方；但我从前喜欢朋友，不只是因为习惯与交情才珍视他们，也是因为他们有优点。如今我不论身在何处，耳边总是听见伊丽莎白柔情的声音和克莱瓦的谈话。他们已死，在那样的孤寂中只有一种情感能劝我活下去。如果我参与的是伟大的工作或计划，对我的同类大有帮助，我会活下来完成我的工作。但我的命运不是如此，我必须追捕、毁灭我赋予生命的生物，届时我在人世的命运将完成，我也终于得以安息。”

一七××年八月二十六日

亲爱的姐姐：

我在危机环伺的情况下写信给你，无从知道我是否还见得到亲爱的英格兰和那里更亲爱的亲友。我被冰山围绕，无处可逃，冰山时时刻刻威胁着压毁我的船。我说服成为同伴的勇敢人们向我求助，但我无能为力。我们的处境实在险恶，我仍然心怀勇气，抱着希望。不过想到这些人都因我而陷于危险，实在教人惊惧。如果我们送了命，罪魁祸首就是我的疯狂计划。

玛格丽特，如果那样的话，你会怎么想？你不会听到我死去的消息，你将永远等我回去。一年年过去，你将时而绝望，又受希望煎熬。噢，亲爱的姐姐，想到你由衷的期待落空，对我而言比自己的死亡更加恐怖。但你有丈夫，也有可爱的子女，你应该能够快乐起来。愿上天祝福你，让你幸福快乐。

我不幸的客人以最深切的怜悯看待我。他像是珍惜生命似的尽力激起我的希望。他提醒我，同样的意外时常发生在航行在这片海域的其他航海家身上，而他让我不禁乐观。就连水手们也感受到他口才的魔力，他说话时，他们不再绝望。他提振了他们的精神，当他们听见他的声音时，他们相信那些巨大的冰山不过是鼹鼠丘，会因人类的决心而消失。然而，这样的感觉并不持久，期待落空的每一天都让他们满心恐惧，而我有点担心这样的绝望将引起叛变。

九月二日

刚刚发生了极不寻常的情况，这些信虽然很可能送不到你手里，但我还是忍不住想记录下来。

我们依然被冰山环绕，随时可能因为冰山相撞而被压沉。严寒刺骨，许多不幸的同僚已经在这孤寂的景象中丧生。弗兰肯斯坦的健康状况日日恶化；他眼中仍燃着一股狂热之火，但他已经精疲力竭，突然耗些体力，他就会迅速衰弱，变得奄奄一息。

我在上一封信提过我担心会发生叛变。今天早上，我坐着注视我朋友憔悴的面容，看他双眼半闭，四肢无力松垂，这时五六名水手鼓噪起来，要求进入舱房。进门后，领头的人说话了。他说其他水手选出他和他同伴为代表，向我提出不容拒绝的正当要求。我们困于浮冰之中，很可能永远无法逃脱，但他们怕的是浮冰散去，能自由航行之后，我会轻率地决定继续航程，在他们庆幸逃过一劫之后又带他们投入新的危险。因此，他们坚持我应该郑重保证，只要船脱困，我会立刻让船向南航行。

这番话令我苦恼。我还没绝望，也没考虑脱困之后返航。但我能义正词严，或甚至有可能拒绝这个要求吗？我迟疑了，而弗兰肯斯坦原先一直保持沉默，而且看起来的确无力参与讨论，这时却爬起身，他眼中散发着光芒，两脸泛着暂时的红晕。他转向众人，说道："你们是什么意思？你们要求你们船长做什么？原来你们这么容易从原本的计划退缩吗？你们不是说这是场荣耀的远征吗？而且何谓荣耀？并不是因为航程像南方的大海一样平静无波，而是因为充满危险与恐怖，因为每一次面对新状况，你们都会唤起坚忍不屈的精神，发挥勇气，因为有危厄与死亡环绕，而这些正是你们需要勇敢面对加以克服的。因此，才有荣耀；因此，才是光荣的事业；因此，你们才会被视为造福人类之人，你们将和为了荣誉和人类福祉而不畏死亡之人一同受人景仰。结果呢，瞧瞧，才刚遇上想象中的危险，或可以说，你们的勇气才初次受到强大可怕的考验，你们就退缩了，甘于被视为无法忍受寒冷和危厄的人。可怜人哪，因为冻着了，就回到温暖的炉边。唉，若是这样，那根本用不着做这些准备，你们无须跋涉到这么远的地方，让你们的船长陷入失败的羞耻中，只为了证明自己是懦夫。噢！做个男子汉吧，或者，做个比男子汉更男子汉的人。对目标不屈不挠，像岩石一样坚定。寒冰或许还不如你们的心坚强；冰块脆弱，只要你们坚持不被阻挡，它就无法阻挡你们。别在额前带着耻辱的烙印回到你们家人身边。要以曾经奋斗而征服，不知逃离仇敌为何物的英雄身份回去。”

他说话时，声音随着言语所表达的不同情感而有抑扬顿挫，眼中充满崇高的理想和英勇的气概，也难怪那些水手都深受感动。他们面面相觑，无法回答。而我说话了，我要他们回去休息，好好思考他的话，如果他们坚决反对，我不会继续带他们向北，但我希望他们思考一番以后会生出勇气。

他们退下，我转身面对我的朋友，但他倦怠无力，几乎没了气息。

我不知道一切会如何收场，我宁死也不愿在目标未达成之前羞耻地回航，不过我担心我的命运会是这样。那些人没有荣耀与荣誉的思想支撑，绝不愿意继续承受眼前的艰难。

九月五日

骰子掷下。我答应我们若逃过一劫，会立刻返航。于是我的希望毁于懦弱和优柔寡断。我将不会有新发现，失望地回航。我还不够豁达，无法耐心忍受这样的不公。

九月七日

事情结束了，我正在返回英格兰的途中。得到荣耀与造福世人的希望已经完全落空，我也失去了我的朋友。但我会尽可能把悲惨的遭遇详述给你，亲爱的姐姐，在我航向英格兰、航向你身边的途中，我不会灰心丧志。

九月九日，浮冰松动，远方传来雷鸣般的轰隆声，四面八方的冰山碎裂散开。我们处境危急，只能按兵不动，而我的注意力全放在不幸的客人身上，他大为衰弱，完全无法下床。我们后方的浮冰裂开，被强力推向北方；西方起了一阵微风。十一日，往南的航道完全畅通了。水手们一发现这情况，明白他们显然可以返回祖国，于是齐声欢呼，声音响亮而持续不休。弗兰肯斯坦正在打盹，这时醒来问我骚动所为何来。我说："他们是为我们将返回英格兰而欢呼。"

"所以，你真的要折返吗？"

"唉！是的，我拒绝不了他们的要求。我不能违反他们的意愿带他们陷入危险，所以我得回头。"

"想回去就回去吧，但我不会回去。你放弃了你的目标，但我的目标是由上天指派，因此我不敢放弃。我虽然虚弱，但助我报仇的灵魂绝对会赐我足够的力气。"他说完竭力想下床，然而这番活动对他而言太激烈了，他倒回床上失去意识。

他过了很久才恢复，我常以为他已死去。最后他睁开眼睛，呼吸困难，无法言语。医生给了他一颗镇静剂，要我们别打扰他，同时告诉我，我的朋友只剩几小时的生命。

判决已定，而我只能悲伤并保持坚忍。我坐在床边看着他；他闭着眼，我以为他睡着了，但不久之后他虚弱地呼唤我，要我凑近。他说：

"唉！我所依赖的气力已经消散，我觉得我即将不久于人世，而他——我的仇敌和迫害者，可能仍活着。华顿，我在此生最后的片刻仍怀着先前我说的激烈仇恨和报仇的渴望，但我觉得自己希望仇敌死去是正当无罪的。在最后这段日子里，我一直回顾我过去的作为，我觉得我此生无咎。我因为一阵狂热而创造了有理性的生物，而且在我的能力范围内，有责任确保他的幸福与快乐。

“这是我的义务，然而还有一个责任比它更重要。我更专注于对人类同胞的责任，因为这涵盖了更大比例的幸福与悲惨。基于这样的观点，我拒绝为第一只怪物创造他的同伴，而且我拒绝得有理。他邪恶的狠毒与自私无可比拟——他杀害了我的亲友，他发誓要毁灭拥有美妙感知、快乐与智慧的人类，我不知道他复仇的渴望何时才会平息。他如此可悲，应当死去，不该再让其他人不幸。我有责任杀了他，但我失败了。我之前受到自私狠心的动机驱使，请你继续我未完的工作，现在我基于理性和善意，再次求你答应。

“但我无法要求你抛下你的祖国与亲友，完成这个重任；而且如今你将返回英格兰，见到他的机会微乎其微。但这些问题，以及如何平衡你肩上的责任，都留待你考虑，我的思考和判断力已经因为死亡逼近而被扰乱。我不敢要求你做我认为正确的事，因为我可能仍被狂热误导。

“想到他可能活下去继续为非作歹，我很苦恼；然而此刻我随时就要解脱，这是几年来我第一次感到快乐。我亲爱的死去亲友们的形影飘过我眼前，我急着投入他们的怀抱。华顿，永别了！在宁静中追寻幸福，弃绝野心，即使只是单纯地想让自己在科学和探索的领域出人头地。但我为何说这种话？我自己在追求这些希望时一败涂地，但换作别人可能会成功。”

他说话时声音越来越虚弱，最后精疲力竭地沉默下来。大约半小时之后，他又试图开口，却说不出话。他无力地捏捏我的手，便永远阖眼，唇边掠过一抹温柔微笑的光辉。

玛格丽特，荣耀的生命终于消殒，我能说什么呢？我如何让你明白我多么沉痛？我表达的言语永远薄弱而不足。我泪眼潸潸，我的心笼罩着失望的阴霾。但我正朝英格兰而去，我也许会在那里找到安慰。

我的思绪中断。这声音意味着什么？时值午夜，微风轻拂，甲板上的守望员几乎没有动静。又有声音传来，类似人声但比较沙哑。声音来自搁置弗兰肯斯坦遗体的舱房。我得起身察看。晚安了，姐姐。

老天啊！刚刚发生的那一幕真教人难以形容。我回想起来，还有点晕眩。我不知道我有没有力气描述，不过少了最后这奇特的悲惨结局，我记录的故事就不完整。

我进入命运悲惨的可敬朋友遗体摆放的舱房，有个我无法形容的形体俯身在他上方——那东西庞大无比，比例却突兀扭曲。他趴在棺材上，脸被一绺绺参差不齐的长发遮掩。他伸出一只大手，肤色与质地和木乃伊无异。他听到我靠近的声响，不再吐出悲伤凄惨的呐喊，冲向了窗边。我没看过像他的脸那么骇人的景象，他的面貌令人作呕，触目惊心。我不由自主闭上眼，努力思索我对这个毁灭者应尽的责任。我叫他别走。

他停顿一下，目光惊诧地看着我，然后又看看他的创造者毫无生息的身躯，似乎忘了我的存在，似乎有某种无法自制的强烈狂怒，让他的神情与姿态激动无比。

“他也是我的受害者！”他喊道，“他的死终结了我的罪行，我生命中的一切灾难即将落幕！噢，弗兰肯斯坦！慷慨又自我牺牲的人啊！我现在请你原谅有什么用？我害死你爱的所有人，无法弥补地毁了你。唉！他尸骨已寒，再也无法回答我了。”

他的声音似乎哽咽，而我最初的冲动是完成我朋友临死前想杀死仇敌的愿望，这时却因为好奇与怜悯的复杂心情而消失了。我靠近这庞然巨物，他丑恶的容貌太过怪异恐怖，我不敢抬眼注视他的脸。我试图开口，但话语在我唇边消散。怪物继续说出疯狂而不连贯的自责。最后我下定决定，在他激动暂缓的当儿，对他开口了。

“你现在懊悔已经无用，”我说，“如果你曾倾听心中良知的声音，在你将穷凶恶极的报复做得这么极端之前，注意你心中悔憾的痛楚，那么弗兰肯斯坦还会活着。”

“你在做梦吗？”恶魔说，“难道你觉得我没有痛苦和悔憾？他啊，”他指着尸体，继续说，“他在创作完成之后所受的痛苦，和我复仇时感受到的痛苦相比，不及万分之一。悔憾荼毒着我的心，可怕的自私却催促着我。你难道以为克莱瓦的呻吟听在我耳里像乐音？我的心生来就容易受到爱和怜悯的影响，当不幸的遭遇将它扭曲成恶意与仇恨时，它在经历这个激烈变化时所承受的折磨，不是你所能想象的。”

“杀死克莱瓦之后，我心碎痛苦地回到瑞士。我同情弗兰肯斯坦，最后同情演变为恐惧。我憎恨我自己。但我发现创造我又使我陷于极端痛苦的这个人，居然敢希求幸福，他让我不断经历不幸与绝望，却试图在我永远无缘沉溺的那种喜悦中享有情感和热情，这时，一股无力的嫉妒和痛心的愤慨让我心中充满无法扼抑的复仇渴望。我记起自己所做的威胁，决定实践。我知道我将让自己陷入痛苦折磨，但我受制于我厌恶却无法违抗的冲动，无法自拔。不过，当她死去时，我并不觉得悲惨。我已抛开了一切感受，压制了所有痛苦，沉溺于我无尽的绝望中。邪恶于是成为我的善。被迫至此，我别无选择，只能让我的天性适应我自愿选择的部分。我心中有股无法满足的渴望，想完成我疯狂的计划。如今，一切结束了，那就是我最后的受害者！”

他描述的不幸起先令我动容。然而，我想起弗兰肯斯坦提过他的口才和说服力，当我的目光再次望向我朋友毫无生命的躯体，我心中再次燃起愤慨。“怪物！”我说，“太妙了，你竟然跑来抱怨你所造成的不幸。你将火把丢进一堆建筑里，建筑烧成灰烬之后，你又坐在废墟里，悲叹房舍毁损。伪善的恶魔！如果你哀悼的人还活着，你可恶的复仇计划仍会以他为目标，他仍会是你的猎物。你感受到的不是怜悯；你之所以悲叹，只是因为你恶行的受害者不再受你支配。”

“噢，不是这样——不对，”那怪物打断我的话，

“我所作所为给你的印象显然是这样。不过我并不求有人对我的不幸感同身受，我永远得不到一丝怜悯。我起先追求的，是对美德的崇尚，是充满我心中那种幸福的感觉，而我希望与人分享这些。但现在那美德已经成为我的阴影，幸福的感觉化为悲惨与可憎的绝望，而我该向何处寻求怜悯？我安于继续承受折磨；我死时，我会很满足记忆中满是恐怖与耻辱。美德、名誉和喜乐的梦想，曾经抚慰了我的想象。我曾经奢望世上有人能包容我的外貌，因为我能展现美好特质而爱我。我曾受到荣耀与奉献的思想滋养，但现在，罪行已经让我堕落为最卑鄙的禽兽。世上任何罪行、危害、残酷或不幸，都比不上我的所作所为。我回想我种种可怕的罪状，无法相信我的脑中曾经对善良的庄严与美好充满崇高超非凡的憧憬。但事实就是如此，堕落的天使成了邪恶的魔鬼。然而，即使上帝的敌人在悲惨中也有朋友和同伴，我却孤单于世。

“你自称弗兰肯斯坦是你的朋友，似乎了解我犯的罪和他的不幸。但他对你描述的细节中，无法判断我在无济于事的愤怒中度过多少时光。因为，我虽然毁了他的希望，却无法满足自己的渴望。我的渴望永远热烈，我依然希望得到爱和友谊，但我依然受到拒绝。难道这样不算不公平吗？全人类都迫害我，该把我视为唯一的罪人吗？费利克斯傲慢地将朋友赶离他的家门，为什么不去恨他？为什么不去责怪想害死他孩子救命恩人的乡下人？不，他们都是善良的人类！我呢，我是被抛弃的悲惨家伙，只是失败的产物，注定遭到唾弃，被踢踹践踏。现在想到这样的不公，我仍然热血沸腾。

“但我的确卑鄙。我杀害了美丽无助的人。我在无辜的人在睡梦中时勒死他们，掐死从未伤害我或任何生命的人。我致力让我的创造者陷入不幸——他是值得爱与敬重的人类模范——我纠缠着他直到无法挽回的毁灭成真。他苍白冰冷的遗体躺在那里。你恨我，但你的厌恶比不上我对自己的憎恨。我低头看着这双犯下罪行的双手，我想到这颗时常回想起那些罪行的心，不禁渴望这双手捂住我的双眼、那些想象不再萦绕我脑海的时刻会到来。

“别担心我未来还会继续作恶。我的工作就快结束了。为我的一连串作为作结，并成就必须完成之事，需要的不是你或任何人的死，只需要我死去。别以为我想到牺牲会迟疑。我会离开你的船，跳到载我来到此处的浮冰上，寻找极地的最北端。我会堆起我的火葬台，将这悲惨的身躯烧成灰烬，让好奇亵渎的恶人从残骸得不到任何线索，无法创造像我这样的生物。我将死去。我将不再感到充斥我心的痛苦，或困于无法满足也无法扼抑的感觉。死去的这个人创造了我，我一旦不再存在，关于我们俩的记忆都将灰飞烟灭。我再也不会看到太阳或星星，感觉到风抚弄我的脸颊。光明、感受和意识都会消失，那时我才能找到快乐。几年前，这世界的影像首次展现在我眼前，我感到夏日愉悦的温暖，听到树叶的窸窣和鸟儿的鸣叫，而这些就是我所拥有的一切时，我就该喜泣而亡。如今，死是我唯一的安慰。我已经被罪恶玷污，饱受猛烈的悔恨煎熬，除了一死，我如何安宁？

“珍重！你将是我这双眼睛最后见到的人类。弗兰肯斯坦，再会了！如果你还活着，还想向我报仇，那么与其让我死去，不如让我活着。然而并非如此，你希望我死去，以免我造成更大的危害，如果你以某种我不知道的方式仍在感觉、思考，其实你希望的报仇还比不上我现在的痛苦。你虽然毁灭，但我的苦痛更胜一筹，因为悔憾会让我的伤口不断作痛，直到死亡使之永远愈合。”

“但我就快死去，”他悲伤热切地郑重说道，“我将再也感觉不到目前的感受。不久，惨烈的不幸就将灭绝。我会以胜利之姿爬上我的火葬台，在火焰的痛苦折磨中欢腾。燃烧的光芒会消失，风会将我的骨灰吹进海里。我的灵魂即将安眠，即使它会思考，也绝不再想这些事。别了。”

说到这儿，他从舱房的窗户一跃而出，跳到船边的浮冰下。波涛随即将他带走，消失在黑暗的远方。

九月十二日

欢迎您从《弗兰肯斯坦》走进
读客三个圈经典文库

亲爱的读者，感谢您选择读客三个圈经典文库。

我们的封面统一使用“三个圈”的设计，读者可以凭借封面上形式各异的“三个圈”找到我们，走进经典的世界。

你想成为什么样的人？

对你来说什么是重要的？

这个世界应该是什么样子？

我们在生命中遇到的这些问题，或许可以在浩如烟海的文学经典中找到答案。

跟随读客三个圈经典文库，认识世界、塑造自我，成为更好的人！

《漫长的告别》

《西西弗神话》

《人间失格》

《人类群星闪耀时》

《鼠疫》

《小王子三部曲》

《局外人》

《月亮与六便士》

《基督山伯爵》

《罗生门》

读客三个圈经典文库

精神成长树

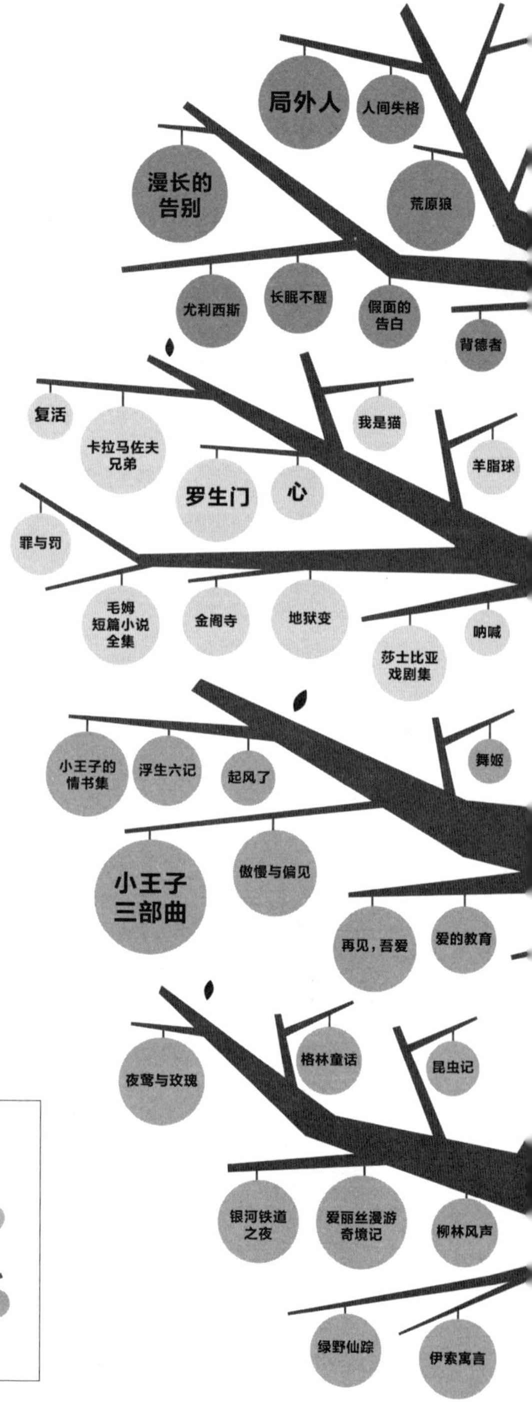

你想成为什么样的人？
对你来说什么是重要的？
这个世界应该是什么样子？

我们在生命中遇到的问题，每个时空的人都经历过，一些伟大的人留下一些伟大作品，流传下来，就成了经典。正是这些经典，共同塑造并丰富着人类的精神世界。

我们重新梳理了浩若烟海的文学经典，为您制作了精神成长树。跟随读客三个圈经典文库，汲取大师与巨匠淬炼的精神力量，完成你自己的精神成长！

树干：

不同的精神成长主题，您可以挑选任意感兴趣的主题进行深入阅读

例如：
寻找人生意义
探索自己的内心
拥有强大意志力
理解复杂的人性
…………

枝丫上的果实：

我们为您精选的经典文学作品

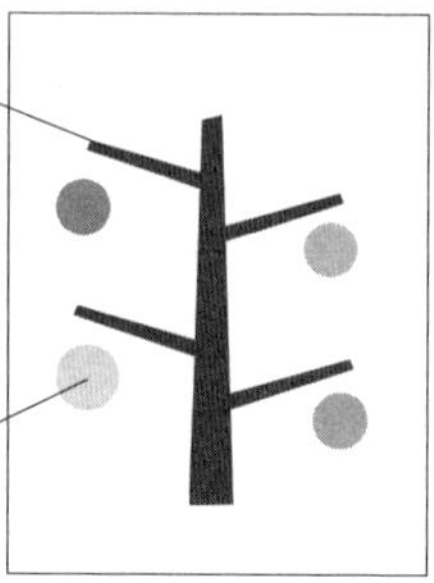

精神成长树示意图

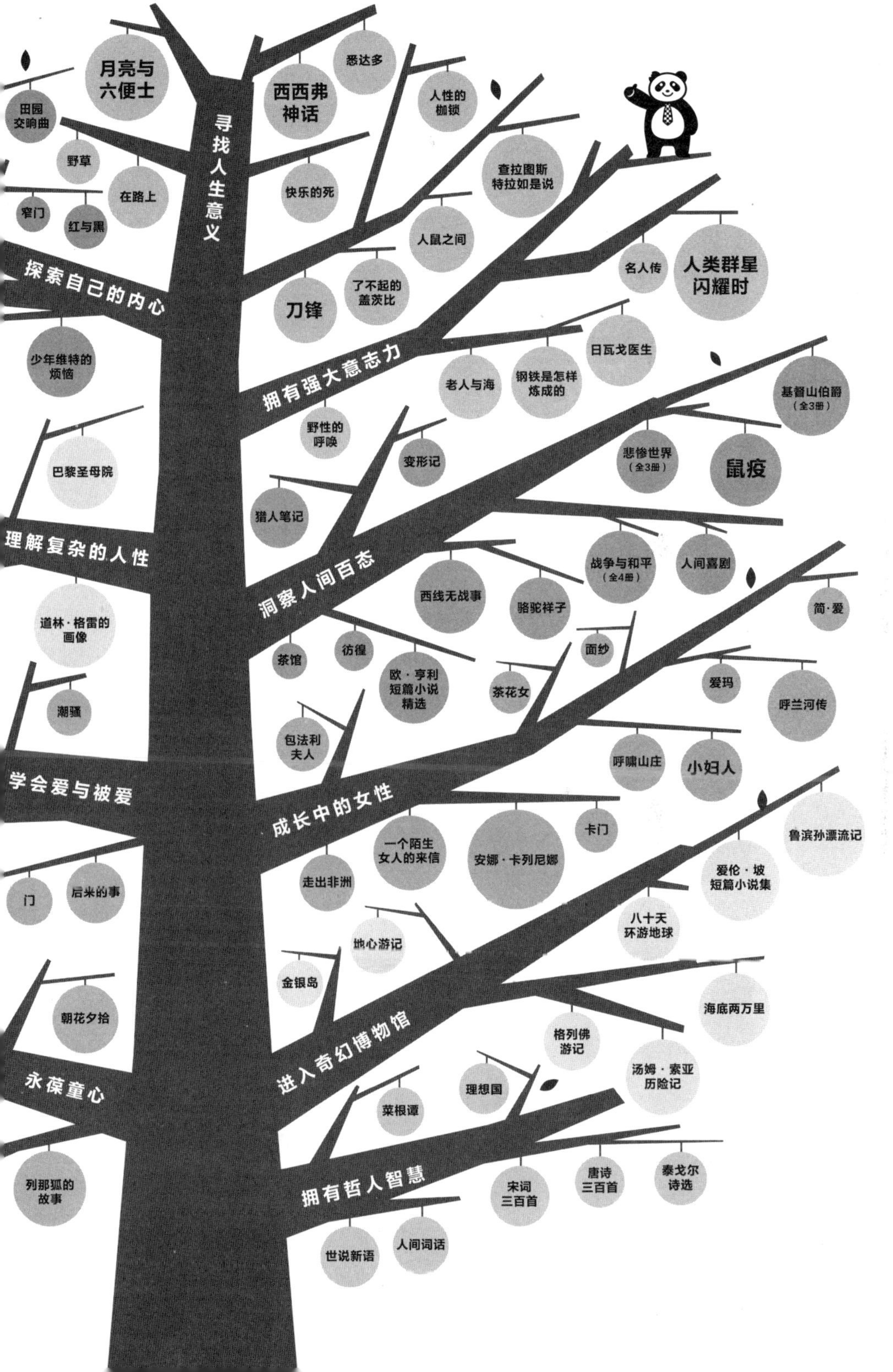

寻找人生意义
月亮与六便士
西西弗神话
悉达多
人性的枷锁
查拉图斯特拉如是说
快乐的死
人鼠之间
了不起的盖茨比
刀锋
田园交响曲
野草
在路上
窄门
红与黑
探索自己的内心
少年维特的烦恼
拥有强大意志力
名人传
人类群星闪耀时
日瓦戈医生
钢铁是怎样炼成的
老人与海
野性的呼唤
基督山伯爵（全3册）
悲惨世界（全3册）
鼠疫
变形记
猎人笔记
巴黎圣母院
理解复杂的人性
道林·格雷的画像
洞察人间百态
战争与和平（全4册）
人间喜剧
西线无战事
骆驼祥子
简·爱
茶馆
彷徨
欧·亨利短篇小说精选
茶花女
面纱
爱玛
呼兰河传
潮骚
学会爱与被爱
包法利夫人
呼啸山庄
小妇人
成长中的女性
一个陌生女人的来信
安娜·卡列尼娜
卡门
走出非洲
鲁滨孙漂流记
爱伦·坡短篇小说集
八十天环游地球
门
后来的事
地心游记
金银岛
海底两万里
朝花夕拾
格列佛游记
汤姆·索亚历险记
进入奇幻博物馆
永葆童心
理想国
菜根谭
列那狐的故事
拥有哲人智慧
宋词三百首
唐诗三百首
泰戈尔诗选
世说新语
人间词话

如果你喜欢《弗兰肯斯坦》
你可能也会喜欢“理解复杂的人性”书单

《罗生门》

文库编号：023

《罪与罚》

文库编号：111

《心》

文库编号：156

《金阁寺》

文库编号：163

《我是猫》

文库编号：072

《复活》

文库编号：061

《卡拉马佐夫兄弟》

文库编号：138

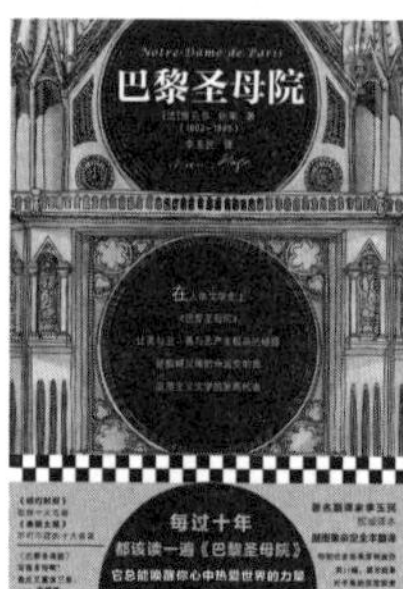

《巴黎圣母院》

文库编号：036

读客®

激发个人成长

多年以来，千千万万有经验的读者，都会定期查看熊猫君家的最新书目，挑选满足自己成长需求的新书。

读客图书以“激发个人成长”为使命，在以下三个方面为您精选优质图书：

1. 精神成长

熊猫君家精彩绝伦的小说文库和人文类图书，帮助你成为永远充满梦想、勇气和爱的人！

2. 知识结构成长

熊猫君家的历史类、社科类图书，帮助你了解从宇宙诞生、文明演变直至今日世界之形成的方方面面。

3. 工作技能成长

熊猫君家的经管类、家教类图书，指引你更好地工作、更有效率地生活，减少人生中的烦恼。

每一本读客图书都轻松好读，精彩绝伦，充满无穷阅读乐趣！

图书在版编目（CIP）数据

弗兰肯斯坦 /（英）玛丽·雪莱著；周沛郁译 . --
上海：上海文艺出版社，2019.3
（读客经典文库）
ISBN 978-7-5321-7006-7

Ⅰ . ①弗… Ⅱ . ①玛… ②周… Ⅲ . ①科学幻想小说
- 英国 - 近代 Ⅳ . ① I561.44

中国版本图书馆 CIP 数据核字 (2019) 第 013220 号

责任编辑：毛静彦
特邀编辑：闻　芳　周量航
封面设计：汪　芳

弗兰肯斯坦
（英）玛丽·雪莱　著
周沛郁　译
上海文艺出版社出版、发行
地址：上海市闵行区号景路159弄A座2楼
电子信箱：cslcm@publicl.sta.net.cn
新華書店经销　三河市龙大印装有限公司印刷
开本 890毫米×1270毫米　1/32　7.25印张　字数 147千字
2019年3月第1版　2025年11月第9次印刷
ISBN 978-7-5321-7006-7/I.5601
定价：29.90元